Alles auf Null

Neuanfang in Magdeburg

Christian Gläsmann

Alles auf Null
Neuanfang in Magdeburg

Bibliografische Information der Deutschen Nationalbibliothek:
Die Deutsche Nationalbibliothek verzeichnet diese Publikation in der Deutschen Nationalbibliografie; detaillierte bibliografische Daten sind im Internet über http://dnb.dnb.de abrufbar.

TWENTYSIX – Der Self-Publishing-Verlag
Eine Kooperation zwischen der Verlagsgruppe Random House und BoD – Books on Demand

Herstellung und Verlag:
BoD – Books on Demand, Norderstedt

ISBN: 978-3-740-75362-7

Alles auf Null

Tim Köhler wuchs als Einzelkind in Hessen auf. Er bekam immer, was er wollte. In der Schule war er eher schlecht als recht. Im Gymnasium drehte er eine „Ehrenrunde", als er in der neunten Klasse war. Er quälte sich mit Hängen und Würgen durch das Abitur und schloss es schließlich mit einer Durchschnittsnote von 3,7 ab. Die Eltern von Tim ließen ihm freien Lauf und achteten nur darauf, dass er das Abitur bestand. Alles andere sollte er selbst entscheiden. Sie finanzierten ihn durch und kümmerten sich ansonsten wenig um Tim.

Nach dem Abitur machte er erstmal ein Jahr Pause. Trotz einiger Veranstaltungen in der Schulzeit und beim Berufsinformationszentrum der Arbeitsagentur, sowie einigen Studienberatungen, wusste er nicht, ob er eine Ausbildung oder ein Studium machen sollte. Er lungerte viel herum und ging von Party zu Party. Tims Eltern waren der festen Überzeugung, dass er irgendwann seinen Weg finden würde.

Als er 20 war, starben seine Eltern bei einem Autounfall. Tim blieb in der teuren Wohnung seiner Eltern, meldete sich selbst bei der gesetzlichen Krankenkasse an und verprasste nach und nach das geringe Erbe seiner Eltern. Als nach zwei Jahren nicht mehr viel davon übrig war, versuchte er, seinen Onkel anzupumpen. Dieser hatte ein großes Vermögen und ihn schon früher reichlich beschenkt. Auch er war der Meinung, dass Tim seinen eigenen Weg suchen und finden sollte.

Da Tim Abitur hatte, war der Onkel der Überzeugung, dass er einen akademischen Abschluss machen sollte. Daher beschloss er, ihn großzügig zu unterstützen. Tims Cousine gefiel das gar nicht. Sie hielt Tim für das, was er war: ein verwöhnter Faulpelz ohne Lebensziele und Motivation. Tim hatte kaum Freunde und außer seinem Onkel und seiner Cousine keine Verwandten mehr. Der Onkel traf mit ihm eine Vereinbarung. Tim bekommt 1.500 Euro im Monat von ihm, wenn er ein Wirtschaftsstudium beginnt. Tim schlug ein und beschloss in eine Region zu ziehen, wo das Leben nicht ganz so teuer ist und er in einer Großstadt leben könnte. Er wollte nicht in eine Region gehen, wo sich Fuchs und Hase gute Nacht wünschen.

Die Wohnung seiner Eltern kostete 900 Euro. Das konnte er sich nicht leisten, wenn er bequem von 1.500 Euro leben wollte. Seine Wahl fiel auf Magdeburg. Er schrieb sich für Volkswirtschaft ein. In Mathematik hatte er auf dem Abiturzeugnis eine Zwei. Wie er die bekommen hatte, war ihm schleierhaft. Der Studiengang war nicht durch einen Numerus clausus beschränkt. Richtig Lust zu studieren hatte er nicht, aber es hatte einen Vorteil: Es fließt weiter Geld. Der Abschied aus seiner Heimat fiel ihm nicht schwer. Da er die meiste Zeit vor seinem Computer verbrachte, hatte er auch kaum Freunde in seinem Umfeld, die er vermissen würde. Außerdem würde er auch in seiner neuen Heimat Kontakt zu Menschen bekommen.

Tim fand eine großzügige 70 qm Altbauwohnung in einem Außenbezirk von Magdeburg. Dafür zahlte er 550 Euro Warmmiete. Er kündigte die Wohnung seiner Eltern und zog um. In den nächsten zwei Jahren ließ er es sich gutgehen und verbrachte möglichst wenig Zeit mit dem Studium. Die Nachbarn nannten ihn den verwöhnten, faulen Wessi. Viel Kontakt zu den Nachbarn oder anderen Studierenden hatte er nicht. Er lebte meist in den Tag hinein und das Geld seines Onkels war immer pünktlich auf seinem Konto. So war das Leben schön. Dass dies nicht mehr lange so bleiben könnte, kam ihm nicht in den Sinn.

Tim Köhler saß im Gastronomiebereich eines Magdeburger Einkaufszentrums und genoss eine Portion Currywurst mit Pommes und eine Cola. Dabei dachte der inzwischen 24-jährige über seine Zukunft nach. Es war Ende März und seine Hochschule, an der er Volkswirtschaftslehre studierte, hatte ihm soeben mitgeteilt, dass er wegen einer endgültig nicht bestandenen Mathematikprüfung zwangsweise exmatrikuliert wird. Ab dem 1. April war er damit kein Student mehr. Morgen wollte er sich näher mit seiner Zukunft beschäftigen. Exmatrikulation bedeutete das generelle Studienende für Wirtschaftsstudiengänge, an allen Hochschulen. Es gab natürlich auch andere Studiengänge, wo Mathematik nicht vorkommt und in die er wechseln könnte, aber auf Philosophie und solche Sachen hatte er erst recht keine Lust. Er konnte schon in der Schule Aristoteles und Platon nicht leiden. Was würde wohl sein Onkel sagen? Wie sollte es weitergehen? Trotz seines Lotterlebens hatte er keine Freunde in seiner neuen Heimat gefunden. Tim war in den letzten Jahren mit seinem Dasein in der Anonymität der Großstadt versunken.

Ihm fiel eine Ausgabe der örtlichen Tageszeitung, der Magdeburger Volksstimme, ins Auge, die auf dem Nachbartisch lag. Vielleicht stand da ja etwas Interessantes drin. Er griff sich die Zeitung und schlug den Anzeigenteil auf. Als sein Blick die Todesanzeigen streifte, traute er seinen Augen kaum. Er sah eine Anzeige mit dem Namen seines Onkels! Die Geburtsdaten stimmten auch. Aber warum tauchte die Anzeige in der Magdeburger Volksstimme auf, wenn sein Onkel in Hessen lebt?

Die Anzeige hatte seine Cousine aufgegeben, in der Hoffnung, dass Tim die Anzeige entdeckt. Wahrscheinlich wollte sie ein Zeichen setzen, dass kein Geld mehr fließen wird. Das einzige Kind seines Onkels hatte ihn nicht per Brief über das Ableben seines Geldgebers informiert. Da sich Tim und seine Cousine auf den Tod nicht ausstehen konnten, war das kein Wunder. Wer sollte jetzt sein Leben finanzieren? Hatte ihn der Onkel vielleicht mit einem Teil des Erbes bedacht? Sie würde ihm den Geldhahn zudrehen, das stand fest. Hatte der Onkel das Geld für April bereits überwiesen? Wenn nicht, dann würde es eng werden. Tim hatte noch knapp 300,00 Euro auf dem Konto und 77,00 Euro in der Tasche. Davon konnte er noch nicht einmal die Miete von 550,00 Euro bezahlen. Tim aß seine letzten Pommes auf und ging durch das Einkaufszentrum Richtung Straßenbahnhaltestelle.

Auf den Nachrichtenanzeigetafeln erschien plötzlich eine Eilmeldung. Bei einer Gasexplosion war ein Haus in Magdeburg vollständig zerstört worden und die Trümmer brannten lichterloh. Das Haus sollte in seinem Stadtteil sein. Tim fuhr nach Hause. Das musste er sich ansehen.

In seinem Stadtteil angekommen war die Straße zum Unglücksort und zu seinem Haus abgesperrt. Von weitem erahnte er, was passiert war. Es war das Haus, in dem er lebte, das explodiert war und brannte! Er zeigte der Polizei an der Absperrung seinen Ausweis und der Wachtmeister bestätigte ihm seinen Verdacht.

Gas war ausgeströmt. Ein Gast einer Feier beim Hauseigentümer hatte im Flur eine Zigarette angezündet. Der Brand entstand durch mehrere Kanister Benzin, die ein anderer Nachbar in seinem Keller lagerte. Außer ihm waren alle Anwohner zuhause oder auf der Party des Vermieters gewesen. Es hatte niemand überlebt. Die Polizei hielt Tim fest. Sie wollten gerade einen Seelsorger holen, da riss er sich los und rannte weg. Er wollte nur weg, nur aufwachen aus diesem vermeintlichen Albtraum, doch irgendwann realisierte er, dass es kein Traum war.

Tim ging zum Ort des Geschehens zurück. Er fühlte sich vollkommen leer. Als er den Seelsorgern übergeben wurde, kam ihm kein Wort über die Lippen. Er weinte unentwegt. Tim war klar geworden, dass an einem Tag das ganze Kartenhaus seines Lebens in sich zusammengefallen war. Eine Hausratversicherung hatte er nicht. Er besaß noch sein Geld und das was er bei sich trug. Sein Smartphone hatte er zum Aufladen zuhause gelassen. Alles war weg. Seine Unterlagen, seine Kleidung, all sein Besitz, der in seiner Wohnung war. Er hatte kein Dach mehr über dem Kopf, seine Geldquelle war wahrscheinlich versiegt und sein Studium war auch zwangsweise beendet worden. Sein bisheriges Leben hatte sich in Luft aufgelöst. Alles zurück auf Anfang. Alles auf Null!

Tim brach schließlich in Verzweiflung bewusstlos zusammen. Ein Krankenwagen brachte ihn in das Universitätsklinikum. Als er wieder erwachte, wunderte er sich, dass er im Krankenhaus lag. Er stand unter Beobachtung und ein Seelsorger kam ins Zimmer.

„Was mache ich im Krankenhaus?", fragte Tim.

„Sie haben einen sehr anstrengenden Tag hinter sich und wurden ohnmächtig. Daher hat Sie ein Krankenwagen hierher gebracht.", sagte der Seelsorger.

„Wer sind Sie? Was ist passiert?", fragte Tim.

„Ich bin Pfarrer Schwarze von der evangelischen Kirche. Das Haus, in dem Sie gelebt haben, ist heute einer Gasexplosion mit anschließendem Feuer zum Opfer gefallen. Dieser Schock ist sicher nicht einfach zu verkraften. Das war wahrscheinlich der Auslöser für Ihren Zusammenbruch.", sagte Schwarze.

„Das war kein Traum? Das war echt?", fragte Tim.

„Ja. Sie sind der einzige Überlebende aus diesem Haus. Es tut mir sehr leid.", sagte Schwarze.

Tim begriff, dass er nicht geträumt hatte, und fing verzweifelt an zu schreien und um sich zu schlagen. Zwei Pfleger und ein Arzt stürmten ins Zimmer und versuchten, ihn zu beruhigen. Tim weinte hemmungslos, bis er keine Tränen mehr hatte. Nachdem der Arzt ihm eine Beruhigungsspritze gegeben hatte, schlief er ein.

Tim wachte am nächsten Morgen wieder auf. Als er bemerkte, dass er nicht in seinem eigenen Bett lag, wurde ihm endgültig bewusst, dass der gestrige Abend tatsächlich der Realität entsprach. Im Radio, das an seinem Bett stand, berichteten sie über das Unglück. Dann klopfte es an der Tür.

„Herein.", sagte er.

„Guten Morgen, Herr Köhler.", begrüßte ihn eine Krankenschwester.

„Guten Morgen, Schwester. Ich hätte gerne den Pfaffen von gestern gesprochen. Vielleicht kann er mir helfen.", sagte er.

„Jetzt stehen Sie erstmal auf und gehen ins Bad. Ich bringe Ihnen in einer Viertelstunde ihr Frühstück. Um neun kommt die Visite und dann sehen wir weiter.", sagte sie.

Tim überlegte, wie er sich duschen und die Zähne putzen soll. Er hatte doch nichts mit. Als er in die Badkammer kam, stand alles für ihn bereit: Duschgel, Zahnbürste und Zahnpasta. Er erledigte seine Morgentoilette und setzte sich, in seinen gestrigen Klamotten, angezogen an den Tisch im Zimmer. Kurz darauf brachte ihm die Krankenschwester ein kleines Frühstücksbuffet.

„Sie konnten ja gestern nichts bestellen. Daher haben wir Ihnen möglichst viel Auswahl zusammengestellt. Außerdem müssen Sie ja auch wieder zu Kräften kommen. Ich wünsche guten Appetit, Herr Köhler.", sagte sie.

„Danke Schwester. Sie sind so gut zu mir. Wie kann ich das wieder gutmachen?", sagte Tim.

„Das ist doch selbstverständlich. Sie brauchen jetzt vor allem Zuwendung. In einer halben Stunde kommt die Visite und danach Pfarrer Schwarze, nach dem Sie ja vorhin gefragt haben. Wenn Sie noch irgendein Anliegen haben, dann klingeln Sie bitte kurz. Wir sind für Sie da.", sagte sie und verließ das Zimmer.

Tim aß mehr zum Frühstück als sonst und fühlte sich durch die Worte und Taten der Schwester sehr geborgen. Um kurz nach neun, Tim hatte sich inzwischen wieder auf das Bett gelegt, kam die Visite. Auf einmal standen acht Ärzte um sein Bett. Der Oberarzt erkundigte sich nach seinem Befinden und berichtete ihm, dass er heute noch aus dem Krankenhaus entlassen wird. Was seine neue Unterkunft angeht, werden gleich Pfarrer Schwarze und eine Angestellte der Stadt Magdeburg mit ihm sprechen. Die Ärzte wünschten ihm alles Gute und eine erfreulichere Zukunft. Dann gingen sie hinaus.

Fünf Minuten später klopfte es und Tim bat die Wartenden ins Zimmer. Die Tür öffnete sich und Pfarrer Schwarze, sowie eine ihm unbekannte Dame kamen herein.

„Guten Morgen. Mein Name ist Langner und ich komme von der Stadt Magdeburg. Ich bin für die Betreuung von Wohnungslosen zuständig. Pfarrer Schwarze, unseren Seelsorger, kennen Sie ja bereits.", sagte sie.

„Wohnungslos? Ach ja, letzte Nacht, das war kein Traum, sondern echt, oder?", fragte er.

„Nein es war leider kein böser Traum. Das tut mir sehr leid für Sie. Ich wollte Ihnen Bescheid sagen, dass Sie um 11 Uhr, also in knapp eineinhalb Stunden einen Termin bei mir haben. Sie finden mich im Wohnungsamt in der Stadtverwaltung. Hier ist meine Karte mit dem Termin. Dort sprechen wir über alles Weitere. Herr Schwarze wird mit dabei sein. Also bis später.", sagte sie und ging hinaus. Pfarrer Schwarze blieb noch kurz bei ihm.

Tim fühlte sich leer und verwirrt. Ihm wurde wieder klar, er hatte wirklich nur noch das, was er bei sich trug und das Geld auf der Bank. Der Seelsorger tröstete ihn und bot ihm an, die Entlassungspapiere zu holen und ihn dann zur Stadtverwaltung mitzunehmen. Tim schwieg während der gesamten Fahrt. Immer wieder stiegen in seinem Kopf die Bilder des gestrigen Tages auf. Dann gingen Beide zum Wohnungsamt und Frau Langner bat sie herein.

„Hallo, Herr Köhler. Nehmen Sie Platz.", sagte sie.

„Hallo, Frau Langner. Danke für diesen frühen Termin. Ich bin noch immer ganz durcheinander. Wie kann ich an eine neue Unterkunft kommen? Woher bekomme ich Geld? Wie geht es weiter?", fragte Tim.

„Immer mit der Ruhe. Ich kann mir vorstellen, dass diese Situation nicht gerade einfach für Sie ist. Haben Sie Verwandte oder Bekannte, wo Sie eine Zeit lang unterkommen können?", fragte sie.

Tim erklärte ihr und dem Seelsorger seine familiäre Situation. Außerdem sagte er, dass er auch keine Bekannten hat, wo er unterkommen könnte. Als Tim erzählte, dass er zum 1. April nicht mehr Student, sondern arbeitslos wäre, bat Frau Langner einen Fallmanager des Jobcenters dazu. Aufgrund seiner vielen zu klärenden Fragen brachte die Stadt ihn für zwei Wochen in einer Gästewohnung der Wohnungsbaugesellschaft der Stadt Magdeburg unter, damit genug Zeit war, die wichtigsten Sachen zu klären.

Anschließend ging Tim mit seinem Fallmanager und dem Seelsorger zum Jobcenter. Der Seelsorger gab Tim eine Visitenkarte, damit er Kontakt aufnehmen konnte, wenn er ihn braucht. Kurze Zeit später saßen Tim, der Seelsorger und der Fallmanager, Herr Bonte, in einem Büro im Jobcenter Magdeburg zusammen. Tim und der Seelsorger nahmen nebeneinander Platz.

„Herr Köhler, einen Fall wie den Ihren habe ich noch nie gehabt. Sie haben ja buchstäblich nur noch das, was Sie auf dem Leib tragen und ihr Konto, richtig?", fragte Herr Bonte.

„Das ist richtig.", sagte Tim.

„Wie haben Sie bis jetzt ihr Leben finanziert? BaföG, eigenes Geld, oder wie?", fragte der Fallmanager.

„Ich hatte ein privates Stipendium, aber das ist etwas kompliziert.", sagte Tim.

„Na dann erzählen Sie mal, ich höre zu.", sagte Bonte.

Tim holte weit aus und erzählte seine halbe Lebensgeschichte. Der Seelsorger und der Fallmanager bekamen immer größere Augen. Als Tim mit seinen Ausführungen fertig war, herrschte erst einmal betretenes Schweigen.

„Ich glaube, dieser Fall ist einzigartig.", sagte Pfarrer Schwarze.

„Das glaube ich auch.", sagte Tim.

„Erstmal brauchen Sie ein Dach über dem Kopf und Geld zum Leben. Sie sagten, Sie haben noch knapp 370 Euro in der Tasche beziehungsweise auf ihrem Konto. Ist das wirklich alles, oder haben sie noch Spareinlagen oder sonstige Vermögenswerte?", fragte Bonte.

Tim verneinte und fing an zu weinen. Pfarrer Schwarze nahm ihn in den Arm und tröstete ihn. Herr Bonte fuhr fort. Der Fallmanager füllte mit Tim einen Antrag auf Arbeitslosengeld 2 aus, damit er schnellstmöglich den Regelsatz für April ausgezahlt bekommen konnte. Für die Wohnung gab er Tim ein Merkblatt, auf dem die Höchstgrenzen für eine angemessene Miete und die angemessene Größe einer entsprechenden Wohnung, die das Jobcenter bezahlen würde, vermerkt waren. Außerdem bekam Tim die Adressen und Kontaktdaten aller großen Wohnungsunternehmen und Wohnungsgenossenschaften in Magdeburg, damit er sich schnell eine neue Wohnung besorgen konnte. Tim erschrak, als er den Betrag sah. Es war für eine Person eine maximale Bruttokaltmiete von etwas mehr als 300 Euro angemessen und eine Wohnungsgröße von maximal 50 qm. Die Regelleistung zum Leben in Höhe von 416 Euro war auch nicht berauschend. Er musste wohl demnächst kleinere Brötchen backen.

Für die Erstausstattung einer Wohnung wurden ihm weitere Zuschüsse in Aussicht gestellt. Außerdem bekam er die Adressen von den örtlichen Sozialkaufhäusern und Kleiderkammern, um sich günstig einkleiden zu können. Herr Bonte informierte Tims Krankenkasse, dass er ab dem 1. April über das Jobcenter pflichtversichert sei. Danach machte der Fallmanager mit ihm einen Termin für Ende der Woche aus, um weitere Fragen zu klären. Tim verabschiedete sich von Herrn Bonte und der Seelsorger begleitete ihn noch zur Wohnungsgesellschaft der Stadt, um den Schlüssel für die Gästewohnung abzuholen. Danach ging Tim allein in seine Übergangswohnung.

Dort angekommen, legte er sich auf das Bett und schlief zwei Stunden. Nachdem er aufgewacht war, kaufte er sich die nötigsten Hygieneartikel und etwas zu essen in einem nahen Einkaufszentrum. Dort besorgte er sich auch günstige Klamotten von einem Bekleidungsdiscounter, in dem er früher nie einkaufen war, weil die Qualität nicht seinen Ansprüchen genügte. Diese Allüren konnte er sich erstmal nicht mehr leisten. Das war ihm klar.

Am nächsten Tag wollte er verschiedene Wohnungsgesellschaften kontaktieren, um sich Wohnungsangebote anzusehen. Glücklicherweise gab es in Magdeburg genügend leerstehende Wohnungen. Dadurch war das Problem, eine angemessene und günstige Wohnung zu finden, im Gegensatz zu anderen Großstädten, nicht vorhanden. Nach einer erholsamen Nacht ging es also auf Wohnungssuche.

Da Tims Studententicket für den öffentlichen Nahverkehr noch gültig war, konnte er die Wohnungsgesellschaften schnell erreichen. Die erste Gesellschaft, die er aufsuchte, war die WBG Frohe Zukunft in der Innenstadt. Dort gab es einige Wohnungen, die in dem Bereich lagen, die laut Herrn Bonte zulässig waren. Die Wohnungsgenossenschaft hatte vor allem Häuser im Stadtteil Reform. Das war im Süden von Magdeburg und gut an die Innenstadt angebunden. Außerdem waren bei dieser Genossenschaft einige kleine Wohnungen in Stadtfeld im Angebot. Es gab etliche Ein-Zimmer-Wohnungen mit 30-40 qm. Tim nahm sich einen Prospekt und ein paar Angebote mit.

Dann ging er zwei Straßen weiter zur Ottonen-Wohnungsbaugenossenschaft. Dort gab es sanierte und teilsanierte Plattenbauwohnungen im Norden und Westen von Magdeburg. Die städtische Wohnungsbaugesellschaft, in deren Gästewohnung er lebte, hatte auch gute Angebote im ganzen Stadtgebiet. Abschließend fuhr er noch nach Neu-Olvenstedt, ein riesiges Plattenbauviertel, das keinen guten Ruf hatte, und nach Stadtfeld, wo er sich bei weiteren Gesellschaften mehrere Wohnungsangebote in seiner „Preisklasse" einholte. Er wollte in ein saniertes Haus ohne Gas als Energieträger. Eine Gasexplosion war genug. Er hatte zum Schluss ein Sammelsurium von Wohnungsangeboten aus allen Magdeburger Stadtteilen zusammengetragen.

Er interessierte sich für mehrere sanierte Plattenbauwohnungen in verschiedenen Bereichen der Landeshauptstadt. Diese Wohnungen waren gut geschnitten und hatten als Energieträger Fernwärme. Um eine weitere Auswahl zu treffen, rief er alle Gesellschaften, die in seine Auswahl gekommen waren an, um bezugsfertige Wohnungen besichtigen zu können. Am nächsten Morgen fuhr Tim zu einem Büro der Magdeburger Verkehrsbetriebe um ein Monatsticket für den Nahverkehr in Magdeburg kaufen. Er schloss direkt ein Jahresabonnement ab und zahlte pro Monat etwas mehr als 40 Euro. Das lohnte sich, weil er bestimmt an mehr als nur ein paar Tagen im Monat mit Bus und Bahn in Magdeburg unterwegs sein würde.

Als er seiner Bank seine aktuelle Adresse mitteilte, wunderten sich ein paar Mitarbeiter, dass er noch lebt. In der Presse stand, dass bei der Gasexplosion niemand überlebt hatte. Die Zahlung der monatlichen 1.500 Euro war tatsächlich ausgeblieben. Er erklärte einem Servicemitarbeiter, dass er in Kürze Arbeitslosengeld 2 bekommen würde und sie sich darüber nicht auch noch wundern sollten.

Da er für das Jobcenter erreichbar sein sollte, kaufte er sich ein einfaches Handy für 20 Euro und eine Pre-paid-Karte eines großen Lebensmitteldiscounters. Lieber hätte er ein Smartphone, aber dafür fehlte ihm das Geld. Nach einem abendlichen Gang durch die Innenstadt ging Tim schlafen.

Am nächsten Tag besichtigte er mehrere freie Wohnungen, in die er direkt einziehen konnte. Dabei fielen einige Stadtteile weg, die ihm nicht zusagten. Tim hatte am Abend vor dem nächsten Treffen mit seinem Fallmanager eine engere Auswahl getroffen und stellte diese Angebote zusammen, um sie beim Gespräch mit Herrn Bonte vorzulegen. Da er überall Kaution oder Genossenschaftsanteile bezahlen musste, war dieser Punkt auch noch zu klären. Dafür brauchte er Geld. Er kaufte noch etwas für die nächsten Tage ein und fuhr zurück zu seiner Wohnung. Dort schrieb er auf, was noch alles zu klären war. Im Bett grübelte er über seine Situation nach, bis er darüber einschlief.

Als Tim am nächsten Morgen aufstand war es gerade sieben Uhr. Er frühstückte ausgiebig und bereitete sich auf den Termin beim Jobcenter vor. Er verließ zeitig das Haus und traf um halb neun am Jobcenter ein. Geduldig setzte er sich vor das Zimmer seines Fallmanagers. Er hatte die Unterlagen der Wohnungsgesellschaften dabei, um diese Sache zuerst aus der Welt zu schaffen.

Kurz vor neun Uhr öffnete sich die Tür von Herrn Bontes Büro.

„Guten Morgen, Herr Köhler. Kommen Sie bitte herein.", sagte der Fallmanager.

„Guten Morgen, Herr Bonte. Ich habe Ihnen etwas mitgebracht.", sagte Tim und reichte ihm die Wohnungsangebote herüber.

„Oh, wie ich sehe, waren Sie schon fleißig auf Wohnungssuche. Dann sollten wir auch damit anfangen. Die Wohnungen, die Sie umkreist haben, sind die, die Ihnen zusagen würden?", fragte Bonte.

„Ja, das ist richtig.", sagte Tim.

„Sie haben ja nur Plattenbauten ausgewählt. War unter den Altbauten nichts Interessantes dabei?", fragte Bonte.

„Leider nein. Die Altbauten haben alle Gasheizungen. Eine Gasexplosion reicht mir. Nochmal muss ich das nicht haben.", sagte Tim.

„Das kann ich gut verstehen. Wie ich sehe, sind auch alle Wohnungen im angemessenen Rahmen. Sowohl bei der Miete, als auch bei der Größe.", sagte Bonte.

„Wie ist das mit der Kaution oder den Genossenschaftsanteilen, die ich bei der Anmietung zahlen muss. Kann ich die über das Jobcenter finanzieren. Also dass Sie in Vorleistung treten und ich Ihnen das Geld in Raten zurückzahle?", fragte Tim.

„Da gibt es verschiedene Absprachen mit den einzelnen Gesellschaften und dem Jobcenter. Das kommt auf den jeweiligen Fall an.", sagte Bonte.

„Wie sieht es mit der Wohnung bei der WBG Frohe Zukunft in Stadtfeld aus? Die gefällt mir am besten.", sagte Tim.

„Bei dieser Genossenschaft können Sie die Genossenschaftsanteile in Raten einzahlen. Die brauchen keine Vorleistung.", sagte Bonte.

Tim telefonierte in Absprache mit dem Fallmanager mit der Genossenschaft und bekam die Zusage für die Wohnung, da es bis Ende März keine anderen Interessenten gegeben hatte.

„Dann wäre dieses Problem schon mal gelöst.", sagte der Fallmanager und bat noch um die Zusendung einer Kopie des Mietvertrages für die zu gewährende Leistung für die Kosten der Unterkunft.

„Wie ist das mit der Möblierung der Wohnung. Die Wohnung ist zwar einzugsfertig renoviert, aber ich habe ja keine Möbel und sonstige Ausstattung. Mein

ALG 2 reicht dafür nicht aus. Gibt es da Zuschüsse?", fragte Tim.

„Ja, es gibt Zuschüsse, je nach Anzahl der Zimmer und Personen. Das können in Ihrem Fall bis zu 800 Euro für die Möblierung und weitere Zuschüsse für große Haushaltsgeräte sein.", sagte Bonte.

„800 Euro für Möbel? Damit komme ich aber nicht weit, selbst bei einer kleinen Wohnung. Die Wohnung hat 1 Zimmer und 35 qm.", sagte Tim.

„Schauen Sie bei Möbeldiscountern und den Sozialkaufhäusern nach der Einrichtung. Da finden Sie viel für kleines Geld.", riet ihm der Fallmanager. Tim musste wohl erstmal auf Möbelschatzsuche gehen.

„Als Nächstes habe ich eine Adresse und einen Termin für Sie. Heute Nachmittag um 14 Uhr bei unserer Berufsberatung. Dort wird eine Kollegin von mir mit Ihnen über Ihre berufliche Zukunft sprechen. Auch über eine Berufsausbildung. Sie sagten ja, dass Sie nur ein abgebrochenes Studium haben. Morgen früh folgt dann ein Gespräch mit mir als Ihrem Vermittler. Seien Sie bitte morgen früh um neun Uhr in meinem Büro. Sie können dann jetzt zur Wohnungsgenossenschaft gehen und sich die Wohnung sichern und vergessen Sie den Termin heute Nachmittag bei meiner Kollegin nicht.", sagte Bonte.

Tim bedankte sich und fuhr zur Wohnungsbaugenossenschaft Frohe Zukunft. Dort hatte man schon die Unterlagen für ihn zusammengestellt und er musste nur noch unterschreiben. Eine Kopie des Mietvertrages wurde an das Jobcenter gefaxt und ein Mitarbeiter der Genossenschaft fuhr mit Tim zu seiner neuen Wohnung, um ihm diese zu übergeben. Die Wohnung kostete 345 Euro Warmmiete.

„Heute Nachmittag bringen wir noch die Namensschilder am Briefkasten und an der Haustür an. Sie brauchen zu diesem Zeitpunkt nicht vor Ort zu sein.", sagte die Mitarbeiterin.

Glücklich über seine neue Wohnung, ging Tim zu einem Imbiss in der Nähe, um dort zu essen, und fuhr dann zur Berufsberaterin des Jobcenters. Er war etwas zu früh dran, aber die Beraterin hatte gerade keine Kundschaft und bat Tim ins Büro.

„Guten Tag, Herr Köhler. Mein Name ist Schreier. Sie wurden mir bereits als Spezialfall angekündigt. Nehmen Sie doch Platz.", sagte sie.

„Guten Tag, Frau Schreier. Herr Bonte hat Ihnen bestimmt schon ein paar Dinge über mich erzählt. Was haben Sie schon über mich gehört?", fragte er.

„Nur die groben Umstände, warum Sie überhaupt hier sind und in was für einer Situation Sie sich derzeit befinden.", sagte sie.

„Ich nehme an, Sie möchten mit mir über meine berufliche Zukunft sprechen.", sagte er.

„Ganz richtig. Wie ich hörte, haben Sie als höchsten Schulabschluss Abitur und haben dann Volkswirtschaftslehre, hier in Magdeburg, studiert.", sagte sie.

„Das ist richtig. Allerdings habe ich das Studium nicht abgeschlossen, sondern bin zum 31. März zwangsexmatrikuliert worden. Ich habe eine Mathematikprüfung nach mehrfachem Versuch endgültig nicht bestanden.", sagte er.

„Haben Sie vorher eine Berufsausbildung gemacht?", fragte sie.

„Nein. Außer meinem Abitur habe ich keine Abschlüsse. Gearbeitet habe ich auch noch nie.", sagte er.

„Dann sollten Sie, damit aus Ihnen noch etwas wird, eine Berufsausbildung machen. Was sind denn Ihre Interessen? Was machen Sie in ihrer Freizeit?", fragte sie.

„Mit 24 noch eine Berufsausbildung? Bin ich dazu nicht schon zu alt?", fragte er.

„Zum Lernen ist man nie zu alt. Was haben Sie für Hobbys?", fragte sie.

„Ich schaue viel fern und surfe viel im Internet. Ansonsten ausruhen und schlafen.", sagte er.

„So kommen wir nicht weiter. Gehen Sie bitte hinten an den Computer und arbeiten Sie den Interessentest auf dem Portal Planet-Beruf durch. Dann bekommen wir eine Liste von Berufen, die passen könnten. Seien Sie bitte ehrlich bei den Antworten. Es gibt dort kein richtig und kein falsch.", sagte sie.

Tim setzte sich an den Computer und absolvierte den Test. Er fand heraus, dass er etwas Kaufmännisches oder etwas im Büro machen wollte. Der Bereich ist ziemlich breit gefächert.

„Ich habe mir schon gedacht, dass bei Ihnen etwas Kaufmännisches oder Verwaltendes herauskommt. Sie haben ja bereits einen Teil eines Wirtschaftsstudiums hinter sich.", sagte sie.

„Das stimmt. Allerdings bin ich da an Mathe gescheitert.", sagte er.

„Bei einer Berufsausbildung werden auch gute Mathematikkenntnisse benötigt, aber nicht so speziell wie in einem Wirtschaftsstudium, wo es auch um höhere Mathematik geht. Da kann ich Sie beruhigen.", sagte sie.

„Wie lange dauert so eine Ausbildung?", fragte er.

„Zwei bis drei Jahre. In ihrem Fall kann man die Ausbildung sicher in zwei Jahren machen, da Sie Vorkenntnisse haben.", sagte sie.

„Verdiene ich denn in der Ausbildung genug Geld, um über die Runden zu kommen?", fragte er.

„Nein, sicher nicht. Aber Sie können Berufsausbildungsbeihilfe bekommen oder andere Förderungen, damit Sie mindestens so viel Geld haben, wie mit Arbeitslosengeld 2.", sagte sie.

„Kann ich nicht direkt arbeiten gehen?", fragte er.

„Sicher können Sie auch ohne Ausbildung arbeiten gehen. Aber Sie verbauen sich dadurch ihre Zukunft. Als Ungelernter werden Sie meistens nur für schlecht bezahlte, unsichere Hilfsjobs eingestellt. Das möchten Sie doch nicht ihr ganzes Leben lang machen wollen, oder?", fragte sie.

„Nein, ich möchte schon ordentliches Geld verdienen, aber nochmal zwei Jahre die Schulbank drücken möchte ich auch nicht unbedingt.", sagte er.

„Da Sie keinerlei Dokumente, außer ihrer Exmatrikulation haben, wird es schwer sich zu bewerben. Sie brauchen erstmal wieder ihr Abiturzeugnis und andere Zertifikate und Bescheinigungen über Fortbildungen, falls Sie welche gemacht haben. Vorher brauchen wir über Ihren weiteren Weg nicht zu sprechen. Ich schlage Ihnen vor, dass wir uns in zwei Wochen, am Montagnachmittag um 14 Uhr, wiedersehen und Sie dann die Zeugnisse und Zertifikate mitbringen. Sie können ja bis dahin überdenken, ob nicht doch eine

Ausbildung lohnender für Sie ist. Haben Sie eigentlich der Post schon Ihre neue Adresse mitgeteilt, damit die Sachen, die an ihre alte Adresse geschickt werden weitergeleitet werden können? Sonst geht alles an den Absender zurück.", fragte sie.

Daran hatte Tim noch gar nicht gedacht. Auch bei der Stadt musste er sich noch ummelden. Das Einwohnermeldeamt hatte noch geöffnet, so dass er die Ummeldung noch machen konnte. Danach ging er noch in einen Postshop und füllte einen Nachsendeantrag aus.

Am nächsten Morgen war er pünktlich bei Herrn Bonte im Büro. Er war gespannt, was Herr Bonte von der Berufsberaterin gehört hatte.

„Guten Morgen, Herr Köhler. An Pünktlichkeit mangelt es Ihnen nicht. Das ist sehr gut. Pünktlichkeit ist heute für viele junge Leute nicht mehr selbstverständlich. Haben Sie schon die Schlüssel, für ihre neue Wohnung, bekommen?", fragte Bonte.

„Ja, habe ich. Ich konnte mich aber noch nicht nach Möbeln umsehen.", sagte Tim.

„Das wäre auch mehr als schnell. Frau Schreier hat mir von Ihrem gestrigen Besuch berichtet. Auch ich würde eine Berufsausbildung als vernünftige Grundlage einer Arbeit vorziehen und Sie dabei unterstützen. Ohne gute Grundlage verbauen Sie sich Vieles, auch wenn ein höheres Einkommen auf den ersten Blick reizvoller ist, als eine Ausbildung.", sagte Bonte.

„Trotzdem spiele ich mit dem Gedanken direkt zu arbeiten.", sagte Tim.

„Um sich zu bewerben, brauchen Sie Bewerbungsunterlagen und Zeugnisse. Die sind aber alle verbrannt, oder?", fragte Bonte.

„Ja, das ist richtig. Wie kann ich denn schnellstens an mein altes Abiturzeugnis kommen. Muss ich da meine alte Schule anrufen?", fragte Tim.

„Da haben Sie recht. Ihre alte Schule kann Ihnen eine Zweitschrift anfertigen. Ohne Zeugnis brauchen Sie sich nirgendwo zu bewerben. Da bekommen Sie wahrscheinlich sowieso eine Absage.", sagte Bonte.

Da Tim keine sonstigen Zeugnisse oder Zertifikate erworben hatte, musste er diese auch nicht erneut anfordern. Er machte einen Termin für in zwei Wochen mit Herrn Bonte aus, damit er genug Zeit hatte, seine neue Wohnung einzurichten und das Ersatzzeugnis zu besorgen.

Außerdem sollte er bis zum nächsten Termin aus der Übergangswohnung ausgezogen sein, damit keine unnötigen Kosten entstehen.

Als Tim sich einen Kontoauszug gezogen hatte, stellte er fest, dass das Jobcenter eine Vorabzahlung von 1.000 Euro an ihn gezahlt hatte. Diese würde später mit der eigentlichen Zahlung für diesen Monat und der Einrichtungspauschale verrechnet. So hatte es ihm Herr Bonte erklärt. Da er nun Geld zur Verfügung hatte, fuhr er zum Sozialkaufhaus am Bruno-Taut-Ring in Neu-Olvenstedt um sich nach Einrichtungsgegenständen umzusehen.

Als er die Einrichtung betrat, war er sprachlos. Viele gut erhaltene Möbel und Haushaltswaren standen dort zur Besichtigung und zum Kauf. Da er nur eine Ein-Zimmer-Wohnung hatte, brauchte er ein Schlafsofa, das möglichst für Dauerschläfer geeignet war. Zufällig war ein solches Sofa für unter 100 Euro zu haben. Außerdem kaufte er sich dort noch einen Sessel, einen Tisch, zwei Stühle, einen kleinen Kleiderschrank und ein Standregal. Die Möbel passten zwar farblich nicht zusammen, aber in seiner Lage durfte man nicht wählerisch sein. In der Elektroabteilung ergatterte er eine gebrauchte Waschmaschine für 120 Euro. Einen Unterschrank mit Spülbecken für die Küche bekam er, inklusive Montage und Waschmaschinenanschluss, für weitere 60 Euro. Insgesamt hatte er weniger als 500 Euro ausgegeben und seine Wohnung zum größten Teil eingerichtet. Alle Möbel und Geräte wurden am nächsten Tag gebracht, aufgebaut und angeschlossen. Den Mitarbeitern, die zu ihm kamen, gab er zusammen 50 Euro Trinkgeld. So viel Dank musste sein!

Bei einem Elektromarkt besorgte er sich einen Standkühlschrank mit Gefrierfach, der mit 179 Euro im Angebot war. Bei einem Lebensmitteldiscounter war für 80 Euro eine Kleinküche, also ein 2-Platten-Herd mit kleinem Backofen im Angebot. Da musste er zuschlagen. Um die Kleinküche stellen zu können brauchte er noch einen Tisch oder einen Unterschrank mit Platte. Im Sozialkaufhaus wurde er für 30 Euro fündig. Was ihm noch fehlte, war ein Fernseher und ein Computer.

Er hatte über seine alte Wohnung einen Vertrag für einen Internetanschluss und Digitalfernsehen mit einem regionalen Kabelanbieter. Da in der neuen Wohnung ebenfalls ein Kabelanschluss dieses Anbieters war, ließ er in einem Servicebüro des Anbieters den Vertrag auf die neue Wohnung übertragen. Tim war es leid, jeden Tag ins Internetcafé zu gehen, um seine Mails abzurufen.

In der Nähe der Universität gab es zwei Computer-shops, die auch gebrauchte PCs und Laptops zu einem niedrigen Preis verkauften. In einem der Shops bekam er einen gebrauchten Laptop mit Maus und Windows 8.1 Betriebssystem für 120 Euro. Den Rechner brauchte er sowieso, wenn er sich bewerben wollte.

Anschließend fuhr er zur Wohnungsgesellschaft der Stadt Magdeburg, um die Gästewohnung wieder zu übergeben.

Als er am Montag auf seinen Kontostand schaute, hatte er nur noch 80 Euro auf dem Konto und es war erst Anfang April! Tim musste lernen, besser mit Geld umzugehen, sonst würde der Kühlschrank bald leer bleiben. Er stellte sich einen Einkaufsplan auf, mit dem er bis zum Montag nächster Woche, mit einem Budget von 25 Euro über die Runden kam. Am nächsten Morgen wollte er den Einkaufszettel abarbeiten. Er schaute noch ein wenig über seinen Laptop fern und ging früh schlafen.

Als er aufwachte, war es schon neun Uhr. Er hatte vergessen, sich den Handywecker zu stellen. Nach dem Frühstück stand der gestern geplante Einkauf an. Bevor er aufbrach, rief er bei seiner alten Schule an. Die Sekretärin, die ihn noch von früher her kannte, wunderte sich über seine Geschichte und versprach ihm eine Neuausfertigung seines Abiturzeugnisses. Er sollte ihr nur eine kurze Anforderung per E-Mail mit seiner neuen Anschrift senden, damit sie es schriftlich hatte. Er tat, wie ihm befohlen, und verließ danach das Haus.

Von der Haltestelle Arndtstraße fuhr Tim mit dem Bus direkt zum Einkaufszentrum Flora-Park. Dort bekam er alles, was er sich aufgeschrieben hatte, zum kalkulierten Preis. Trotzdem würde das Geld nicht bis zum Monatsende reichen. Als er zuhause seinen Briefkasten leerte, hatte er seinen ersten ALG 2-Bescheid in der Hand. Dieser verwirrte ihn und er beschloss, am nächsten Montag Herrn Bonte zu fragen, wie er den Bescheid verstehen muss. Auf dem Bescheid stand außerdem ein Betrag von 554 Euro, der auf sein Konto überwiesen werden sollte. Tim schaute zuhause über Online-Banking auf sein Konto. Das Geld war bereits da und der Monat gerettet. Nach Abzug der Miete, die am Monatsende fällig wurde, hatte er noch 274 Euro für den Monat übrig.

Weil er sich Rücklagen bilden wollte, schaute er sich nach weiteren Spartipps im Internet um. Da er in der Regel stilles Wasser trank, probierte er das Magdeburger Leitungswasser aus. Die Werte der Mineralien und Inhaltsstoffe des lokalen Trinkwassers, die er im Internet fand, verglich er mit den Angaben auf seiner Wasserflasche. Da es kaum Unterschiede gab, kaufte er kein Wasser mehr im Supermarkt, sondern trank ab sofort „Kranheimer Urquell".

Am nächsten Morgen erfuhr er, dass sein alter Vermieter nach der Kündigung der Wohngebäudeversicherung durch das Versicherungsunternehmen, noch keine neue Versicherung abgeschlossen hatte. Da auch das Erbe nur aus Schulden bestand und der Vermieter keine Haftpflichtversicherung hatte, schien es keine Entschädigung für den verlorenen Besitz zu geben.

Immer wieder dachte er darüber nach, ob er sich für eine Arbeit oder eine Ausbildung entscheiden sollte. Er studierte den Arbeitsmarkt in Magdeburg und konnte sich vorstellen in einem Call-Center zu arbeiten. Über eine Zeitarbeitsfirma konnte er, wenn er genommen wird, neun Euro brutto pro Stunde verdienen, immerhin mehr als den geltenden Mindestlohn. Laut Anzeige hätte er eine 35-Stunden-Woche und müsste auch keine Leute anrufen, sondern würde in einer Auftragsannahme eingesetzt. Netto würde er, laut Gehaltsrechner im Internet, knapp 1000 Euro netto im Monat bekommen. Nicht gerade viel, aber über 200 Euro mehr als er als jetzt vom Jobcenter erhielt.

Ende der Woche hatte er eine Neuausfertigung seines Abiturzeugnisses im Briefkasten. Jetzt könnte er sich endlich bewerben. Tim genoss das Wochenende und bereitete sich auf den Termin mit Herrn Bonte vor, den er am Montagmorgen hatte. Am Nachmittag sollte er nochmal zu Frau Schreier zur Berufsberatung.

Als er am Montag in Herrn Bontes Büro kam, saß Frau Schreier mit am Tisch.

„Wir haben überlegt, die beiden Termine zusammenzulegen, damit wir alle auf dem gleichen Stand sind und Sie nicht mehrfach zu uns kommen müssen.", sagte Frau Schreier.

„Ich habe mein neues Abiturzeugnis mitgebracht. Andere Bescheinigungen, bis auf die für die bestandenen Module an der Universität, die noch diesen Monat kommen sollen, gibt es nicht.", sagte Tim.

„Haben Sie ihre Wohnung eingerichtet und für die Großelektrogeräte Zahlungsbelege dabei?", fragte Bonte.

„Ja, es ist alles eingerichtet. Die Belege habe ich Ihnen in einem Umschlag mitgebracht. Ich bin mit dem Zuschuss ausgekommen. Danke auch nochmal für den schnellen Bescheid und die schnelle Überweisung des Geldes.", sagte Tim.

„Da habe ich mich extra für Sie ins Zeug gelegt, dass ihr Fall vorgezogen wird. Sie haben in der letzten Zeit genug Probleme gehabt, da sollen jetzt nicht auch noch kurzfristige Geldsorgen dazu kommen. Haben Sie schon irgendwelche Mitteilungen über Schadenersatzzahlungen von den Versicherungen ihres ehemaligen Vermieters?", fragte Bonte.

Tim erklärte den beiden, dass er keinen Schadenersatz zu erwarten hat. Weder aus Versicherungen des

Vermieters, noch von den Erben. Diese hatten das verschuldete Erbe ausgeschlagen.

„Lassen Sie uns nun zu ihrer beruflichen Zukunft kommen. Wir haben da etwas vorbereitet.", sagte Frau Schreier.

„Ich würde gerne direkt arbeiten. Da hätte ich mehr Geld zur Verfügung und wäre unabhängiger. Eine Ausbildungsstelle bekomme ich sowieso nicht mehr. Ich bin ja keine 18 mehr.", sagte Tim.

„Das ist richtig. Aber Sie würden sich damit eine bessere Zukunft verbauen. An was für eine Arbeit hatten Sie denn gedacht?", fragte Bonte.

„Ich könnte in einem Callcenter arbeiten. Telefonieren kann jeder und ich hätte 1000 Euro netto für eine 35-Stunden-Woche.", sagte Tim.

„Callcenter Agent können Sie nach einer Ausbildung immer noch werden, wenn Sie nichts anderes finden. Sie sollten sich eine solide Grundlage schaffen. Sonst arbeiten Sie später als Ungelernter immer in schlecht bezahlten Tätigkeiten. Das möchten wir Ihnen ersparen.", sagte Bonte.

Frau Schreier nickte kurz, aber Tim war fest entschlossen zu arbeiten. Als beide einsahen, dass er nicht zu überzeugen war, legte ihm Herr Bonte die Eingliederungsvereinbarung und die Bedingungen einer anstehenden Maßnahme vor.

„Damit Sie sich ordentlich bewerben können, gehen Sie bitte ab morgen zu diesem Bildungsträger. Dort findet ein zweiwöchiges Bewerbungstraining statt. Die Teilnahme ist verpflichtend. Während der Maßnahme können Sie sich dann auch professionell auf Stellen bewerben. Sie werden sich vielleicht noch oft bewerben müssen. Dann ist es gut, wenn man weiß, wie es geht und dadurch bessere Chancen hat ausgewählt zu werden.", sagte Bonte.

„Kann ich mich nicht jetzt schon bewerben? Dann brauche ich diese zwei Wochen nicht mehr.", sagte Tim.

„Rein theoretisch ja, aber Sie werden viel Nutzen aus dem Seminar ziehen. Der Dozent ist sehr gut und auf zwei Wochen kommt es bei Ihnen nicht an, oder?", fragte Bonte.

Tim gab klein bei und unterschrieb die Eingliederungsvereinbarung sowie die Verpflichtung für das Bewerbungstraining. Frau Schreier atmete auf. Der Bildungsträger war im Norden von Magdeburg, in der Nähe der Straßenbahnhaltestelle Neustädter Platz. Am Abend ging Tim früh ins Bett, damit er am nächsten Morgen um sechs Uhr ausgeruht war.

Am Morgen war Tim alles andere als frisch und wach. Er hatte die halbe Nacht nicht geschlafen. Immer wieder dachte er darüber nach, was auf ihn zukommen könnte. Mit welchen Menschen würde er in den zwei Wochen zusammen sein? Tim war ein Einzelgänger und das Leben und Lernen in einer Gemeinschaft war für ihn sehr ungewohnt. Schon in der Schule und auf der Universität fühlte er sich in Situationen unwohl, wo er in einer Gemeinschaft große Teile eines Tages mit den gleichen Menschen verbringen musste. Das war auch der Grund, warum er keine Freunde fand und meistens allein blieb. Auch während des Duschens und dem kurzen Frühstück hing er den Gedanken über den anstehenden Tag nach.

Durch diese Trödelei hätte er fast den Bus um kurz nach 7 Uhr an der Haltestelle Arndtstraße verpasst. An der Kastanienstraße stieg er in die Tramlinie 9 um und fuhr eine Haltestelle bis zum Neustädter Platz. Kurz vor halb acht betrat er das Anmeldebüro des Bildungsträgers. Er schien der erste Teilnehmer zu sein.

„Guten Morgen. Mein Name ist Tim Köhler. Ich soll ab acht Uhr an einem zweiwöchigen Bewerbungstraining teilnehmen.", sagte er.

„Schulte-Sönker, guten Tag Herr Köhler. Sie sind aber früh hier. Die Teilnehmer kommen in der Regel um kurz vor acht oder zu spät. Das ist schon mal eine gute Einstellung. Bitte füllen Sie diesen zweiseitigen Bogen aus. Wir benötigen verschiedene Daten von Ihnen.", sagte sie.

„Haben Sie meine Daten nicht vom Jobcenter bekommen?", fragte er.

„Bis auf Ihren Namen und Ihre Nummer beim Jobcenter nein. Das verbietet der Datenschutz.", sagte sie.

Tim hatte einen Kugelschreiber und einen Schreibblock mitgebracht. Er sah sich den Bogen an und füllte ihn nach bestem Wissen und Gewissen aus. Dort gab es viele Sachen, die auf ihn nicht zutrafen. Berufsausbildung, Berufserfahrung, die Fragen nach Weiterbildungsabschlüssen und Zertifikaten waren Dinge, die er offenlassen musste.

„Hier ist mein Bogen, die meisten Bereiche trafen nicht auf mich zu.", sagte er.

„Sie haben keine Ausbildung? In dem Alter? Auch keine Berufserfahrung? Sie sind wohl immer von den Eltern finanziert worden, was?", fragte sie.

„Ich habe halt einen komischen Lebensweg.", sagte er.

„Dann können Sie schon mal in den Raum 16 im zweiten Stock gehen. Dort findet die Maßnahme statt.", sagte sie.

Tim nahm den Fahrstuhl. Er war zu faul und zu müde, um zwei Stockwerke hochzulaufen. Der Raum 16 war offen, aber es war noch niemand da. Er setzte sich auf einen Stuhl in der ersten Tischreihe und trank einen Schluck aus seiner mitgebrachten Flasche mit selbstabgefüllten Leitungswasser. Nach zehn Minuten kam der zweite Teilnehmer. Es war ein Mann, wie Tim schätzte, Mitte fünfzig. Der Mann sah aus, als wäre er gerade aus dem Bett gefallen. Außer einem „Moin" kam dem Typ kein Wort über die Lippen. Er setzte sich an den hintersten Tisch und stellte sich eine Flasche Billig-Cola auf den Tisch. Der Dozent betrat den Raum. Ein drahtiger Mann, mittleren Alters, mit einem Dauerlächeln.

„Super. Es sind schon zwei Teilnehmer da. Und das schon um fünf vor acht. Unten an der Anmeldung sind noch zwei Damen. Mein Name ist Ronny Ewers. Ich begleite Sie durch die nächsten zwei Wochen. Wir warten noch eine Viertelstunde, dann dürften die meisten da sein.", sagte er.

Tim war fassungslos. Er war ja schon faul, aber die anderen Teilnehmer waren fast alle zu spät gekommen. In der Einladung stand, man sollte zwanzig Minuten vor Seminarbeginn da sein. Um zehn Minuten nach acht waren sechs Teilnehmer da.

„Guten Morgen. Mein Name ist Ronny Ewers. Ich bin in den nächsten zwei Wochen ihr Begleiter. Es sind jetzt sechs Teilnehmer da. Es sollten zwölf sein. Aber das ist durchaus eine normale Ausfallquote.", sagte er.

Normale Ausfallquote. Was sind das denn für Leute, die einfach nicht kommen? Tim erinnerte sich, dass er sich heute Morgen extra beeilt hatte. Eine so geringe Wertschätzung der Maßnahme gegenüber hatte er nicht erwartet. In dem Moment kam Frau Schulte-Sönker herein.

„Ronny, es haben sich fünf Leute krankgemeldet und einer hat die Bahn verpasst, der kommt etwa eine halbe Stunde später.", sagte sie.

„Hurra, wir werden sieben Teilnehmer haben. Mehr als fünfzig Prozent. Das ist nicht immer so.", sagte Herr Ewers.

„Ich hoffe, dass solchen Leuten die Stütze gestrichen wird!", sagte Tim ohne nachzudenken, wo er sich befindet.

„Was willst du denn. Bist ein Wessi-Arschloch oder?", rief der Mann am hintersten Tisch.

„Was hat das denn damit zu tun?", fragte Tim.

„Ihr arroganten Wessis wollt uns immer erzählen wie der Hase läuft und habt hier alles kaputt gemacht. Ich habe schon seit der Wende keine Arbeit mehr. Nur weil der Betrieb geschlossen wurde. Ich habe schon hunderte Bewerbungen geschrieben und ab und zu mal ein paar Tage zur Probe arbeiten dürfen. Da haben mich die Kapitalistenschweine ausgebeutet, sowas mache ich nicht lange mit. So einer wie du hat mir hier gerade noch gefehlt.", blaffte der Mann zurück.

„Ich will so etwas hier nicht hören. Schuldzuweisungen helfen nicht weiter. Wenn ein Teilnehmer nicht mitarbeitet, habe ich das dem Jobcenter zu melden. Haben Sie das alle verstanden.", sagte Ewers.

„Noch so ein Wichser. Leute wie Sie steckt man am besten alle in einen Sack und haut drauf. Da trifft man immer den Richtigen!", sagte der Mann am hintersten Tisch.

„Wie ist Ihr Name?", fragte Ewers.

„Leck' mich am Arsch!", antwortete der Mann.

„Dann gehen Sie doch, wenn Sie keinen Bock haben, aber lassen Sie die Leute in Ruhe. Ist ja kein Wunder, dass Sie keine Arbeit finden.", sagte Tim.

Der Mann stand auf und ging mit erhobener Faust auf Tim zu. Tim flüchtete aus dem Zimmer und rannte die Treppe runter zur Anmeldung. Völlig außer Atem kam er unten an.

„Hallo, Tim Köhler aus Raum 16. Oben ist ein Mann, der mich tätlich angreifen wollte und den Dozenten auch. Zuerst hat er uns beleidigt und dann stand er auf. Bitte rufen Sie die Polizei. Der Mann ist gefährlich.", sagte Tim.

Kurz darauf kam Ronny Ewers ins Zimmer und hatte ein Veilchen am Auge.

„Rufen Sie sofort die Polizei. Ein Teilnehmer hat mich geschlagen und bedroht jetzt die anderen Teilnehmer oben, dass denen was passiert, wenn ihn einer verpfeift.", sagte Ewers.

Eine Kollegin wählte den Notruf der Polizei, eine andere versorgte das Auge des Dozenten. Wenig später war ein Mannschaftswagen der Polizei da. Nachdem sich ein Beamter über den Tathergang erkundigt hatte, stürmten mehrere Beamte den Seminarraum und überwältigten den Mann. Für die Polizei war der Herr ein alter Bekannter. Er hatte bei fast allen anderen Bildungsträgern in der Region Hausverbot. Er benahm sich immer so, wenn er in Maßnahmen des Jobcenters geschickt wurde.

Tim und Ronny Ewers gingen wieder hoch in den Seminarraum um nach den anderen Teilnehmern zu sehen.

„Es tut mir sehr leid, was heute passiert ist. Ich habe eine Mitarbeiterin des Jobcenters gebeten kurz vorbei zu kommen, um die weitere Vorgehensweise zu besprechen. Sie wird gleich da sein.", sagte Herr Ewers.

Kurz darauf kam die Dame ins Zimmer.

„Es tut mir leid, was Ihnen heute passiert ist. Wir konnten nicht ahnen, dass dieser Mann so schlimm reagiert. Sie können für heute nach Hause gehen. Bitte seien Sie morgen um acht Uhr wieder hier. Dann geht es weiter.", sagte sie.

Alle Teilnehmer verabschiedeten sich und gingen heim. Vielen war der Schock des Erlebnisses noch anzusehen. Tim war gespannt, ob Herr Ewers morgen wieder da sein würde oder ob er sich vertreten lässt.

Als Tim am nächsten Morgen um halb acht das Büro des Bildungsträgers betrat, saß Herr Ewers bei einer Sekretärin und trank Kaffee.

„Ich finde es gut, dass Sie heute wieder da sind. Zwei Teilnehmer haben sich zusätzlich krankgemeldet. Wir sind also vier Seminarteilnehmer.", sagte Ewers.

„Ich freue mich, Sie heute Morgen zu sehen, Herr Ewers. Es gibt auch Leute, die so etwas nicht so leicht wegstecken.", sagte Tim.

„Dieses Bewerbungstraining ist eine, wie wir sagen, Maßnahme mit einer Nettoverweildauer. Das bedeutet, dass Tage an denen Sie krank sind oder aus anderen Gründen einen oder mehrere Tage fehlen, nachgeholt werden müssen, bis Sie volle zwei Wochen bei uns waren", sagte Ewers.

„Das bedeutet, dass die Teilnehmer mit gelbem Schein die Tage nachholen müssen und gar keinen Vorteil haben?", fragte Tim.

„Sie haben es erfasst.", sagte Ewers.

Tim fragte nach dem Schlüssel zum Schulungs-
raum, damit er sich einen bestimmten Platz sichern
konnte. Herr Ewers tat ihm den Gefallen und kam ein
paar Minuten später nach. Gegen Viertel nach acht
erschien der letzte Teilnehmer und Herr Ewers konnte
beginnen.

„Guten Morgen, liebe Teilnehmerinnen und Teilnehmer an diesem Bewerbungstraining. Wir werden in
den nächsten zwei Wochen besprechen, wie Sie Stellen im Internet und anderswo finden können, wie man
ordentliche Bewerbungsunterlagen anfertigt und wie
man sich bei Vorstellungsgesprächen verhält. Außerdem erstellen wir für jeden Teilnehmer Bewerbungsfotos und brennen sie auf eine CD, damit Sie ein aktu-
elles Bild zum Bewerben haben und dafür kein Geld
zahlen müssen. Damit ich erstmal weiß, wen ich
genau vor mir habe und Sie auch voneinander wissen,
in welcher Branche Sie suchen und was Sie bisher
gemacht haben, machen wir gleich eine Vorstellungsrunde. Vorab habe ich noch eine Frage an Sie alle. Ihr
wievieltes Bewerbungstraining ist dieses, wo Sie jetzt
drin sitzen?", fragte Ewers.

Einer antwortete mein Viertes, die anderen beiden
waren zum dritten Mal in einem zweiwöchigen
Bewerbungstraining. Im Gegensatz zu Tim waren alle
anderen Teilnehmer bereits über sechs Jahre weitest-

gehend arbeitslos gewesen, von kurzen Zeitarbeitsjobs mal abgesehen.

„Ich bin mal gespannt, was sich in den letzten 2 Jahren verändert hat. Bestimmt nichts Weltbewegendes.", sagte einer der Teilnehmer etwas gelangweilt.

„Lassen Sie uns nun mit der Vorstellungsrunde anfangen.", sagte Ewers. „Ich fange mal selbst an. Mein Name ist Ronny Ewers, ich bin 47 Jahre alt und ledig. Ich gebe seit 15 Jahren Bewerbungstrainings bei verschiedenen Bildungsträgern. Ich bin studierter Betriebswirt und habe früher für ein Personalberatungsunternehmen gearbeitet. Ich weiß, worauf Arbeitgeber achten und werde, bei einigen von Ihnen, ein paar Bewerbungsmythen, die Sie immer wieder hören, entkräften.", stellte er sich vor.

„Ich heiße Benny Angliner und bin 30 Jahre alt. Ich bin ledig und habe Bäcker gelernt. Durch eine Mehlstauballergie kann ich den Beruf nicht mehr ausüben.", sagte der erste Teilnehmer.

„Ich heiße Mandy Peters und bin 37 Jahre alt. Ich bin alleinerziehende Mutter und habe einen 14-jährigen Sohn. Ich besitze einen Abschluss als Wirtschaftsassistentin. In den letzten Jahren habe ich zeitweise als Regalauffüllerin in einem Supermarkt, auf 450 Euro-Basis, gearbeitet. Hauptsächlich habe ich mich um mein Kind gekümmert. Jetzt ist mein Sohn alt genug, dass ich wieder Vollzeit arbeiten könnte.", stellte sich die Zweite vor.

„Ich bin Silvio Schulz, 29 Jahre alt und ledig. Ich habe eine überbetriebliche Ausbildung zum Restaurantfachmann gemacht, aber nur gerade so bestanden. Seit Ende der Ausbildung vor sechs Jahren bin ich größtenteils arbeitslos. Ab und zu gehe ich bei Bekannten kellnern, aber nur bis zum Hinzuverdienst-Freibetrag von 100 Euro im Monat. Sonst lohnt sich das nicht.", sagte der Dritte.

„Ich heiße Tim Köhler. Ich war bis vor kurzem Bummelstudent für Volkswirtschaftslehre und bin wegen einer endgültig nicht bestandenen Prüfung zwangsexmatrikuliert worden. Ich habe keine Ausbildung und keine Berufserfahrung. Für mich ist es das erste Bewerbungstraining.", sagte Tim.

„Was für eine bunte Truppe. Da ist ja alles dabei. So mag ich das. Sie werden sich nach dem gestrigen Vorfall sicherlich gut verstehen. Auch wenn Sie größtenteils denken, Sie können hier nichts mehr lernen, werden Sie überrascht sein, was wir in den zwei Wochen machen. Ich hoffe, Sie sind alle motiviert. Jedenfalls habe ich bei keinem von Ihnen herausgehört oder den Eindruck bekommen, dass Sie nicht wirklich auf Jobsuche sind. Das finde ich gut, das ist beileibe nicht immer so.", sagte Ewers.

Herr Ewers stellte in einer Auflistung vor, was die Teilnehmer erwartet. Neben der Stellensuche, der Erstellung von Bewerbungsunterlagen inklusive Bewerbungsfoto und dem Training von Vorstellungsgesprächen, waren die Punkte berufliche Neuorientierung/alternative berufliche Entwicklungen, Möglichkeiten der Förderung bei Arbeitslosengeld 2, E-Learning-Programme mit Zertifikaten für daheim, räumliche Veränderung und ein Ausflug zu einer Karrieremesse aufgeführt.

Das war mal etwas Neues für die Teilnehmer, die schon mehrere Bewerbungstrainings kannten. Danach verteilte der Dozent einen Fragebogen mit 16 Seiten, den die Teilnehmer ausfüllen sollten. Fragen, die nicht zutrafen, sollten offengelassen werden. Für den Fragebogen hatten die Vier eine Stunde Zeit. Neben Fragen zur Person und zum beruflichen Werdegang waren auch Fragen zu Freizeitaktivitäten, weiteren Qualifikationen sowie Stärken und Schwächen enthalten, welche die Teilnehmer an einem Beispiel aus der Vergangenheit erklären sollten.

Herr Ewers sammelte die Bögen ein und bat die Teilnehmer, im Internet Stellenbörsen, aber noch nicht Stellen, zu recherchieren. Er hatte zwar eine mehrseitige Liste mit Internetadressen von entsprechenden Seiten, aber er wollte, dass die Teilnehmer selbst aktiv werden. Sie sollten herausfinden, was das Internet an Quellen zu bieten hat. Dafür hatten die Teilnehmer den ganzen restlichen Tag Zeit. Der Teilnehmer, der die meisten Seiten in einer Liste aufgeführt hatte, bekam am nächsten Tag ein Freigetränk aus dem Flaschenautomat auf dem Flur. Dies war Ansporn genug. Alle waren eifrig dabei, die Weiten des Internets zu durchforsten. Zum Ende des Tages druckten die Teilnehmer ihre Listen aus, versahen sie mit ihrem Namen und gaben sie dem Dozenten. Herr Ewers überflog die Listen und zählte die Einträge. Siegerin war Mandy, die 13 Seiten abgegeben hatte, mit Adressen von über 400 Stellenbörsen und Unternehmen der Region, die Stellenangebote auf ihrer Seite hatten. Die Anderen hatten zwischen 200 und 300 Internetadressen herausgefunden. Ewers war begeistert.

„So viele Adressen von Internetseiten habe ich sehr selten gesehen. Frau Peters, Sie haben einen neuen Rekord aufgestellt. Die 400er Marke hatte bisher noch nie ein Teilnehmer geknackt. Sie können alle stolz auf sich sein. Mich freut es vor allem, dass Sie alle so motiviert sind. Wir werden in den nächsten zwei Wochen noch viel Freude miteinander haben. Bitte bringen Sie morgen alle Zeugnisse, auch die Schulabschlusszeugnisse, Arbeitsbescheinigungen und Zertifikate von Weiterbildungen mit, die Sie haben. Ich wünsche Ihnen einen schönen Nachmittag. Wir sehen uns morgen um 8 Uhr an gleicher Stelle.", sagte er.

Tim war sehr zufrieden mit diesem ersten Tag der Maßnahme. Die anderen Teilnehmer waren sehr nett und umgänglich. Nachdem er seine Sachen nach Hause gebracht hatte, fuhr er noch ins Börde-Center im Süden der Stadt, um für die nächsten Tage einzukaufen. Schließlich wollte er in den Mittagspausen nur einen kleinen Snack zu sich nehmen, damit der Geldbeutel nicht zu sehr belastet wird. Warmes Essen gab es dann am Abend. Nach dem Einkauf packte er seine Tasche für den nächsten Tag und verbrachte den Rest des Tages vor dem Fernseher.

Am nächsten Morgen konnte er es kaum erwarten zum Bewerbungstraining zu kommen. Dass heute die Straßenbahnverbindung wegen eines Unfalls nicht funktionierte, machte Tim nichts aus. Er hatte im Radio davon gehört und lief heute von der Haltestelle Kastanienstraße bis zum Weiterbildungsunternehmen. Zeit hatte er ja immer reichlich eingeplant.

Die Teilnehmer waren heute alle pünktlich. Herr Ewers hatte die Teilnehmer aufgefordert ihre Unterlagen, Zeugnisse und Zertifikate mitzubringen. Für Tim war das einfach. Er hatte seine Neuausfertigung des Abiturzeugnisses dabei, mehr nicht. Die anderen holten dicke Schnellhefter oder Ordner mit allerlei Papier aus den Taschen. Tim kam sich richtig komisch vor.

„Warum haben Sie nur das Abiturzeugnis dabei, Herr Köhler? Sie waren doch an der Universität, da haben Sie doch auch mehrere Scheine gemacht. Haben Sie darüber keine Bestätigungen?", fragte Herr Ewers.

„Nein, die Bescheinigungen, die ich hatte, sind alle verbrannt, aber ich habe sie mir nochmal ausstellen lassen. Sie sind allerdings noch nicht da. Das Anfertigen der Unterlagen dauert eine Zeit.", sagte Tim.

„Verbrannt? Wie ist das denn passiert? Sie brauchen nicht vor allen Teilnehmern zu antworten, wenn Sie das nicht möchten. Wir können uns auch nachher kurz zusammensetzen.", sagte Herr Ewers.

„Es ist kein Problem, Herr Ewers. Die meisten Leute kennen den Grund, Sie auch, aber bringen das nicht mit meiner Person in Verbindung. Ich bin der einzige Überlebende der Gasexplosion von vor ein paar Wochen, hier in Magdeburg. Ich habe damals alles verloren und fange jetzt wieder neu an.", sagte Tim.

Plötzlich herrschte gespenstische Stille im Raum. Alle, außer Tim, schienen völlig gelähmt zu sein, ob dieser Information. Nach gefühlten fünf Minuten fand Benny als Erster den Weg zurück aus der Apathie.

„Ich dachte, alle Bewohner wären tot? So stand es in der Zeitung. Willst du uns auf den Arm nehmen?", fragte er.

„Nein, bestimmt nicht. Hier ist noch eine alte Visitenkarte von mir. Schaut einfach nur auf die Adresse.", sagte Tim und reichte seine alte Visitenkarte weiter.

„Man hat mein Überleben bewusst gegenüber der Presse verschwiegen, um mich in der ersten Zeit zu schützen. Dafür bin ich den Behörden sehr dankbar. Ich bitte euch, diese Information ebenfalls für euch zu behalten und nicht zur Presse zu gehen oder irgendwas zu verbreiten. Ich möchte keinen Stress haben. Wenn das rauskommt, haben wir hier Funk und Fernsehen im Haus und das würde alles noch schlimmer machen, als es sowieso schon ist.", fuhr Tim fort.

Alle Teilnehmer und Herr Ewers hatten großes Verständnis dafür und versprachen zu schweigen. Herr Ewers bat die Teilnehmer, von den ganzen Zeugnissen und Zertifikaten eine Aufstellung zu machen, mit Datum, Aussteller, Abschlussbezeichnung und Auflistung der bescheinigten Kenntnisse und Fähigkeiten. Daraus sollte nachher ein Profil erstellt werden. Während die anderen Teilnehmer die Aufstellung machten, bat Herr Ewers Tim zu einem Vier-Augen-Gespräch in einen Nebenraum.

„Nehmen Sie bitte Platz, Herr Köhler.", sagte Herr Ewers. „Das war gerade eben eine ganz neue Information für mich, die mein Bild von Ihnen völlig verändert hat. Warum sind Sie hier? Warum sollen Sie schon wieder auf den Arbeitsmarkt losgelassen werden? So etwas muss man doch erstmal verarbeiten. Ich finde das verantwortungslos von ihrem Fallmanager.", echauffierte er sich.

„Ich habe darum gebeten, möglichst schnell in ein normales Leben zurückzukehren. Mir fällt sonst zuhause die Decke auf den Kopf. Außerdem kann ich die Kenntnisse aus diesem Seminar gut gebrauchen, wenn ich mich bewerbe.", sagte Tim.

„Meinen Sie nicht, dass Sie sich zu viel zumuten? Das Programm was wir in den nächsten Tagen machen werden, ist straff durchorganisiert.", sagte Ewers.

„Das wird schon gehen. Es gefällt mir bisher sehr gut, was Sie machen. Sie brauchen keine besondere Rücksicht auf mich zu nehmen. Behandeln Sie mich einfach genauso wie alle anderen auch.", bat Tim.

„Gut. Aber wenn Sie freie Zeit für Termine brauchen, oder die Belastung für Sie zu stark wird, melden Sie sich bitte.", ermahnte ihn Ewers.

Dann gingen beide in den Seminarraum zurück. Tim setzte sich an seinen Platz und machte eine kurze

Aufstellung seiner Fähigkeiten aus der Erinnerung an die verschiedenen Vorlesungen und Prüfungen an der Universität.

Am Nachmittag besprachen die einzelnen Teilnehmer ihre Profile mit dem Dozenten, die Anderen sollten in der Zwischenzeit nach kostenlosen E-Learning-Kursen im Internet suchen und die Adressen der Webseiten in eine Tabelle eintragen. Am nächsten Morgen sollte es eine allgemeine Besprechung an einem Beispielprofil geben.

Nach dem Seminartag schlenderte Tim noch durch den Rotehornpark, um sich ein wenig zu entspannen. Auf dem Nachhauseweg kaufte er noch in einem Discounter ein und bemerkte, dass er in den letzten Tagen mehr Geld ausgegeben hatte, als er wollte. Wo war das Geld geblieben? Tim suchte im Internet nach weiteren Spartipps. Er beschloss, ab dem nächsten Tag ein Haushaltsbuch zu führen. Sonst würde er bald Schwierigkeiten mit seinem Geld bekommen.

Am nächsten Tag wurden die Profile der Teilnehmer erneut durchgesehen und weiter verfeinert. Danach sollten die Teilnehmer nach Berufsbeschreibungen suchen, die ihren Neigungen und Qualifikationen entsprachen und diese mit den entsprechenden Qualifikationen, die sie schon haben und den Qualifikationen, die ihnen noch fehlen, abgleichen. Jeder sollte von den Einsatzberufen, die er sich vorstellen konnte ein entsprechendes Profil anfertigen. Am Montag wollte man in der Gruppe über alle Berufe und Tätigkeiten sprechen, die die Teilnehmer für sich gefunden hatten. Um 15 Uhr hieß es für alle Teilnehmer: Ab ins Wochenende.

Beim Einkauf am Nachmittag verlangte Tim erstmals einen Kassenbon und steckte ihn ein. Er entschloss sich dazu, eine grobe Tabelle am Computer zu erstellen, in die er täglich die Ausgaben, nach Ausgabengruppen getrennt, eintrug. Eine genaue Aufschlüsselung der Ausgaben, von jedem einzelnen Produkt, machte er handschriftlich in extra dafür eingekauften Billigschulheften. Jetzt hieß es Disziplin bewahren. Die Kassenbons bewahrte er nach Tagen sortiert in einem Schnellhefter mit Klarsichthüllen auf, für jeden Tag eine. Ausgaben, für die es keinen Kassenbon gab, beispielsweise Abbuchungen vom Konto, Miete oder Kontogebühren, machte er einen Extrazettel mit der Ausgabe und dem Betrag und steckte ihn in die entsprechende Klarsichthülle. Am Anfang würde das mühsam sein, doch mit jedem weiteren Tag zur täglichen Routine werden, dachte er sich.

Am Samstagmorgen schlief er lange aus. Er frühstückte gegen 10 Uhr und überlegte, was der Tag zu bieten hatte. Nach der Hausarbeit fuhr er in die Innenstadt, um ein wenig durch das Allee-Center zu schlendern. Immer wieder gingen ihm Gedanken über seine berufliche Zukunft durch den Kopf. Im Einkaufszentrum waren vor vielen Geschäften Verkäufer platziert, die ihn ins Geschäft locken, oder ihn etwas probieren lassen wollten. Tim ließ sich nicht beirren und lehnte alle Angebote dankend ab. Verkäufertätigkeiten an einem Stand konnte er sich als Beruf nicht vorstellen. Der direkte, persönliche Kontakt zum Kunden, der vor einem steht, war nicht sein Ding. Auf den Kunden aktiv zuzugehen, um ihm etwas zu verkaufen, war ihm zu peinlich. Für diese Tätigkeit war er viel zu zurückhaltend. Als er wieder zuhause war, setzte er sich vor den Fernseher und ließ sich bis spät in die Nacht berieseln. Er war stolz auf sich. Er war in der Stadt unterwegs gewesen und hatte kein Geld ausgegeben. Es sollte ein Wochenende werden, an dem kein Cent aus seinem Portmonee verschwand.

Am Sonntag bereitete er sich auf die Seminarthemen am Montag vor. Er stellte einige gängige Berufe auf, die er, trotz ausreichender Qualifikation, nicht machen würde.

Am Montagmorgen fehlten Mandy Peters und Silvio Schulz. Später kamen von Beiden Krankmeldungen für die ganze Woche. Damit waren nur noch Benny Angliner und Tim Köhler in der Maßnahme.

Die beiden Kranken mussten die Woche aber im Anschluss nachholen.

Benny hatte, bis auf seine Bäckerlehre und mehrere Bewerbungstrainings, nichts an Qualifikation vorzuweisen. Er schien ein besonders schwerer Fall zu sein.

„Da wir, mich eingeschlossen, nur noch zu dritt sind, möchte ich Sie fragen, ob wir ihre beiden Lebensläufe, Profile, Fähigkeiten und Neigungen gemeinsam nacheinander besprechen und durchgehen können? Sie können aber auch sagen, dass Sie nicht wollen, dass andere Leute ihr berufliches Leben und ihre persönlichen Lebensentwürfe mitbekommen. Dann kann ich auch zu jedem Einzelnen von ihnen kommen.", sagte Ronny Ewers.

Benny und Tim hatten sich gegenüber nichts zu verheimlichen und fanden es spannend, dass ihnen diese Möglichkeit gegeben wurde. Sie waren beide in einer ähnlichen Situation. Tim hatte keine abgeschlossene Ausbildung und Benny hatte zwar eine, durfte aber in diesem Beruf nicht mehr arbeiten, womit er auch in allen fachfremden Berufen als ungelernt gelten würde. Daraufhin bat der Dozent darum, dass beide Teilnehmer ihre eigene Situation aus ihrer Sicht schildern. Tim fing an.

„Wir ihr bereits wisst, bin ich ursprünglich aus Westdeutschland, habe Abitur und ein abgebrochenes

Volkswirtschaftsstudium zu bieten. Ansonsten habe ich keine Ausbildung und keinerlei Berufserfahrung, auch keinen Ferien- oder Studentenjob. Ich musste mich noch nie bewerben und konnte daher in diesem Bereich auch noch keine Erfahrungen sammeln. Meine Stärken sind das organisieren und das abarbeiten von Aufgaben. Ich habe mir bereits Gedanken gemacht, wo mein Weg nicht hinführen soll. Ich bin sehr menschenscheu. Daher bin ich für den Verkauf, in einem Geschäft oder im Außendienst, nicht geeignet. Beratung über Telefon könnte ich mir vorstellen, da es dort eine Distanz zwischen mir und dem Kunden gibt. Auch andere Berufe, wo ich direkt mit vielen Menschen, die meine Hilfe brauchen, in Kontakt bin, kommen für mich nicht in Frage. Daher sind der medizinische und der Pflegebereich auch nichts für mich. Handwerklich war ich schon immer sehr ungeschickt, außerdem bin ich Linkshänder, womit sich auch das Handwerk erledigt. Am besten wäre ich im Büro aufgehoben, wo ich mit Zahlen und Formularen zu tun habe. Ersatzweise auch im Callcenter, gerne auch in der Beschwerdestelle, weil ich wütende Menschen gut beruhigen kann. Im Telefonverkauf wäre ich fehl am Platz, weil ich dem Kunden nichts aufschwatzen kann, was nicht zu seinem Problem passt. Da käme ich mit meinem Gewissen in tiefe Konflikte und könnte nachts nicht mehr ruhig schlafen.", erklärte Tim.

„Das sind ja schon sehr konkrete Aussagen, mit denen man gut weiterarbeiten kann, Herr Köhler.", sagte Herr Ewers. Nun war Benny an der Reihe.

„Wie ich schon erzählte, bin ich gelernter Bäcker. Durch eine Mehlstauballergie kann ich diesen Beruf nicht mehr ausüben. Vor der Ausbildung habe ich meinen Realschulabschluss gemacht. Nach meinem Ausscheiden aus dem Bäckerberuf habe ich versucht, beim Bäcker im Verkauf zu arbeiten. Dort hätte ich meine Kenntnisse sehr gut anwenden können. Leider ist mir auch dort die Allergie in die Quere gekommen, so dass ich die Lebensmittelbranche generell meiden soll. Ein toller Verkäufer bin ich auch nicht, da ich ein eher zurückhaltend agiere. Andere handwerkliche Berufe sind nicht zu empfehlen, da ich durch die Allergie eine geschädigte Lunge habe und mich möglichst wenig Staub und Dämpfen aussetzen darf. Ich weiß nicht, wie es weitergehen soll, Büro ginge, Callcenter hasse ich wie die Pest. Ich rege mich jedes Mal auf, wenn wieder irgendjemand anruft und mir was andrehen will. So etwas würde ich niemals machen. Auch die Hotlines wo man anrufen muss, sind für mich ein rotes Tuch. Da sitzen meistens Leute, die von der Materie keine Ahnung haben. Am Ende regele ich fast alle Probleme schriftlich oder bei einem Händler vor Ort. Dann habe ich auch etwas in der Hand oder einen persönlichen Ansprechpartner. Auch ein IT-Beruf wäre interessant, aber dafür bin ich wahrscheinlich zu alt.", sagte Benny.

„Auch Sie haben schon konkrete Vorstellungen, was Sie nicht wollen oder können. Damit liegt der Fokus bei Ihnen beiden darauf, was man in dem Bereich, wo Sie arbeiten können, mit Ihren Kenntnissen oder Fähigkeiten anfangen kann. Ich schlage vor, dass wir heute daran arbeiten, wo die Reise genau hingehen soll. Herr Köhler, Sie haben ja bereits einen Tätigkeitsbereich eingekreist. Bitte suchen Sie über das Internet, beispielsweise im Portal Berufe.net der Arbeitsagentur, nach entsprechenden Berufen. Herr Angliner, mit ihnen mache ich gleich ein Einzelgespräch im Nebenraum, um die Tätigkeitsfelder weiter eingrenzen zu können.", sagte Herr Ewers.

Benny war begeistert. So viel Zeit und Zuwendung, bezüglich der Lösung seines Jobproblems hatte er noch nie in einer Maßnahme bekommen. Er ging mit Ronny Ewers in den Nebenraum und kehrte erst zur Mittagspause mit ihm zurück.

Tim hatte inzwischen einige Berufe herausgefunden, die auf ihn passen würden. Es waren Berufe in internen Bereichen der öffentlichen Verwaltung, damit er nicht direkt mit den Bürgern in Kontakt käme. Einfache Berufe wie Datentypist oder Back-Office-Mitarbeiter im Servicecenter. Berufe in der Logistik, wie Speditionskaufmann oder eine Tätigkeit in den Bereichen Buchhaltung und Controlling. Damit hatte er mehr Auswahl, als er dachte. Nach der Mittagspause fasste Herr Ewers die Ergebnisse beider Sondierungen zusammen.

„Sie haben beide das gleiche Ziel. Mit der Einschränkung, dass bei Herrn Angliner der Bereich Callcenter nicht in Frage kommt und er einen Arbeitsplatz braucht, der nicht zu nahe an einem Laserdrucker ist. Der Feinstaub des Toners würde seine Gesundheit weiter stark beeinträchtigen.", sagte Herr Ewers.

Danach suchten alle gemeinsam nach konkreten Ausbildungsberufen, die zu den angestrebten Tätigkeiten passten und suchten nach entsprechenden Umschulungsangeboten und Ausbildungsstellen. Eines sollte damit klar werden. Sie sollten nicht als Quereinsteiger in den kaufmännischen Bereich wechseln, sondern einen Abschluss in diesem Bereich vorweisen können, um auf dem Arbeitsmarkt größere Chancen zu haben. Wahrscheinlicher, als ein klassischer Ausbildungsplatz, wäre es eine Umschulungsmaßnahme zu bekommen. Dies ist auch für Arbeitslose möglich die, wie Tim, noch keine abgeschlossene

Ausbildung haben. Am nächsten Tag sollten beide Teilnehmer mit Hemd und Krawatte oder Hemd und Jackett erscheinen. Es sollten Bewerbungsfotos erstellt werden. Tim und Benny beschlossen, am Abend zum Friseur zu gehen, damit sie auf dem Foto ordentlich aussahen. Tim kaufte sich zu dem Oberhemd, was er zuhause hatte, noch zwei günstige und passende Krawatten bei einem Bekleidungsmarkt und freute sich auf den folgenden Tag.

Tim wachte auf, es war 5:50 Uhr. Sein Radiowecker würde ihn erst in vier Minuten wecken. Er war so aufgeregt, was ihn heute im Seminar erwartete. Nachdem er gefrühstückt hatte, zog er seine guten Sachen an. Er band sich eine Krawatte um, wie er es mit Hilfe eines Videos im Internet gelernt hatte, die andere nahm er vorsichtshalber mit. Gut gelaunt ging er aus der Tür und fuhr zum Seminar. Kurz vor der Tür traf er Benny, der ein blaues Hemd trug.

„Hast du keine Krawatte?", fragte Tim.

„Nein, ich habe noch nie eine getragen. Ich weiß auch gar nicht, wie man sie bindet.", sagte Benny.

„Ich habe einen zweiten Schlips dabei. In Gelb. Das würde gut passen, das sind die schwedischen Farben. Außerdem bist du blond, das passt perfekt.", sagte Tim.

„Ich will mich doch nicht bei Ikea bewerben.", sagte Benny lachend.

Dann gingen beide hoch in den Seminarraum. Herr Ewers war auch schon da, und baute eine Art Fotostudio auf. Tim und Benny staunten nicht schlecht, als sie das sahen. Der Mann war wirklich professionell. Der Dozent begrüßte die beiden und bemerkte, dass Benny noch keine Krawatte umgebunden hatte. Tim griff beherzt ein und erklärte ihm, dass er gleich eine gelbe Krawatte für Benny binden würde. Gelb fand Herr Ewers sehr gut. Das würde passen. Tim machte sich an die Arbeit und band Benny die Krawatte. Als sich Benny im Spiegel betrachtete, war er überwältigt. So gut hatte er schon lange nicht mehr ausgesehen. Herr Ewers bat sie, an ihren Tischen Platz zu nehmen.

„Meine Herren, wir haben heute folgendes vor: Fotos machen, einen Lebenslauf schreiben und ein Anschreiben auf eine fiktive Stellenanzeige verfassen.", sagte Herr Ewers.

Dann bat er Tim, sich auf den Stuhl zu setzen, um ihn zu fotografieren. Er machte mehrere Fotos von ihm und von Benny. Danach wählten sie zu dritt das beste Foto für beide aus.

„Ein vernünftiges Foto haben Sie jetzt. Dann fahren wir fort. Heutzutage werden von den Unternehmen in der Regel digitale Bewerbungen gefordert. Bewerbungen auf Papier sind eine absolute Ausnahme geworden. Viele Firmen nehmen Papierbewerbungen gar nicht mehr an. Es gehen immer mehr dazu über, auf ihrer Website ein eigenes Bewerbungstool zur Verfügung zu stellen, das benutzt werden muss. Andere Bewerbungen werden dort nicht mehr berücksichtigt. Das entlastet den Bewerber von hohen Kosten für Papier, Fotos, Bewerbungsmappen und Porto. Der Unternehmer hat keine Unterlagen mehr, die er zurückschicken muss, wobei das in den letzten Jahren zur Unsitte geworden ist, Bewerbungsunterlagen nicht mehr zurückzusenden.", sagte Herr Ewers.

Tim und Benny wurden aufgefordert einen tabellarischen Lebenslauf von sich zu erstellen, so wie sie es für richtig halten. Benny war bereits geübt und hatte sein Exemplar in kürzester Zeit fertig. Tim mühte sich ab und bat Benny um Hilfe, als dieser fertig war. Schließlich präsentierten beide nach einer Stunde ein Ergebnis.

„Das ist so schon nicht schlecht. Man merkt, dass Sie schon in mehreren Bewerbungstrainings waren, Herr Angliner. Schön, dass Sie auch Herrn Köhler geholfen haben.", sagte der Dozent.

Den Rest des Vormittags verbrachten die drei damit, die Lebensläufe weiter zu verbessern. Am Nachmittag folgte das fiktive Stellenangebot. Herr

Ewers hatte es so formuliert, dass es auf beide passte, aber auch ein paar Kriterien drin hatte, die beide Bewerber nicht oder nicht ganz erfüllten. Die Kunst war, sich trotzdem überzeugend darzustellen, auch wenn man nicht zu einhundert Prozent auf die Ausschreibung passte. Kleinere Defizite im Bezug auf die erwarteten Fähigkeiten hat fast jeder Bewerber bei Stellenausschreibungen. Viele Stellenangebote sind im übertragenden Sinne für 25-jährige Bewerber mit mindestens 10 Jahren Berufserfahrung und wünschenswertem Studienabschluss oder anderen Weiterqualifikationen ausgeschrieben. Solche Bewerber gibt es nicht. Daher sollte man sich auch auf Stellen bewerben, die zu rund achtzig Prozent passen. Die Besprechung des Bewerbungsanschreibens sollte am nächsten Morgen erfolgen.

Tim erwachte an diesem Mittwoch durch den Notwecker, da er von seinem Radiowecker zwar wach geworden, aber wieder eingenickt war. An diesem Morgen war er müde und wusste nicht warum. Er hatte ausreichend Schlaf gehabt und war gestern Abend um 22 Uhr ins Bett gegangen. Nach einer eiskalten Dusche, die ihn auch nicht richtig wach machte und einem kurzen Frühstück, verließ er die Wohnung in Richtung Bushaltestelle. Er war zu spät und von seinem Bus sah er nur noch die Rücklichter. Der nächste Bus kam etwas zu spät, so dass er mit fünf Minuten Verspätung im Seminarraum erschien.

„Sie sind ja heute so spät. Wir haben uns schon Sorgen gemacht, Herr Köhler.", begrüßte ihn Herr Ewers.

„Es tut mir leid. Ich habe verschlafen und der Bus hatte auch noch Verspätung.", sagte Tim.

„Ist doch nicht schlimm. Ich weiß ja, dass Sie sonst zuverlässig sind.", sagte Herr Ewers lächelnd.

Benny musste sich ein lautes Lachen verkneifen. Der Dozent hatte heute eine Überraschung für die Beiden.

„Ich hatte ihnen ja am Anfang gesagt, dass wir auf eine Karrieremesse gehen wollen. Diese Messe ist leider kurzfristig abgesagt worden. Deshalb hat das Jobcenter Magdeburg für heute mehrere Personaldienstleister zu sich eingeladen, damit sich Bewerber informieren und vorstellen können. Der Termin wurde gestern am späten Nachmittag allen Bildungsträgern mitgeteilt, um mit ihren Teilnehmern vorbeikommen zu können.", sagte Herr Ewers.

„Wann fahren wir dahin?", fragte Tim.

„In einer halben Stunde. Wir fahren mit meinem Auto. Vorher drucken wir noch ein paar Lebensläufe aus, damit Sie den Firmen bei Bedarf schon etwas in die Hand geben können.", sagte Herr Ewers.

Zu dritt fuhren sie zum Jobcenter. Es stellten sich mehrere Zeitarbeitsfirmen mit eigenen Ständen vor. Benny und Tim kamen mit mehreren von ihnen ins Gespräch. Sie erfuhren, dass es mehrere Tarifverträge für Leiharbeitnehmer gibt und bekamen auch Tarifbroschüren mit. Einige Unternehmen suchten in mehreren Branchen nach Arbeitskräften, andere waren auf bestimmte Berufe spezialisiert. Benny und Tim bekamen für die nächsten zwei Wochen mehrere Termine bei verschiedenen Zeitarbeitsfirmen, um sich näher vorstellen zu können.

Nachdem Herr Ewers mit den beiden Seminarteilnehmern zum Bildungsträger zurückgefahren war, sprachen sie über die Ergebnisse des Vormittags.

„Zeitarbeit ist zwar nicht das Tollste, aber für den Einstieg in das Berufsleben ganz in Ordnung.", sagte Benny.

„Man ist aber ziemlich schnell wieder draußen, wenn die Firma keinen Anschlussauftrag hat.", wandte Herr Ewers ein.

„Aber immer noch besser als auf der Straße zu stehen.", sagte Tim.

„Trotzdem bin ich der Meinung, dass du erstmal eine Ausbildung machen solltest, Tim.", sagte Benny.

„Das finde ich auch. Ein solides Fundament ist im Berufsleben wichtig.", sagte Herr Ewers.

„Ich will aber so schnell wie möglich Geld verdienen und unabhängig vom Jobcenter sein.", sagte Tim.

„Haben Sie Geldprobleme Herr Köhler?", fragte Herr Ewers.

Tim verneinte das und nach einer kurzen Pause widmete sich das Trio dem Thema Bewerbungsanschreiben.

An den letzten beiden Tagen suchten Tim und Benny Stellen aus dem Internet und bewarben sich darauf. Ob dieses Seminar etwas gebracht hat, würde man in den nächsten Monaten sehen. Zum Schluss tauschten Herr Ewers, Benny und Tim noch ihre Kontaktdaten aus, denn sie wollten weiterhin in Verbindung bleiben.

Mit dem Gefühl, in den letzten beiden Wochen, wichtige Erkenntnisse gewonnen zu haben, verbrachte Tim den Freitagabend vor dem Fernseher. Er hatte nicht nur gelernt, wie man sich bewirbt und ein paar Vorstellungstermine vereinbaren können, sondern diszipliniert seine tägliche persönliche Buchhaltung gemacht. Er hatte seine finanzielle Lage jetzt im Griff und konnte Spontan- und Frustkäufen widerstehen.

Der Entschluss, ob er eine Ausbildung machen, oder direkt arbeiten sollte, war immer noch nicht gefallen. Dazu wollte Tim erst einmal die Bewerbungsgespräche in den nächsten zwei Wochen abwarten. Den nächsten Termin bei Herrn Bonte hatte er sowieso erst in der übernächsten Woche. Vielleicht war ihm dann die Entscheidung, durch ein Jobangebot, abgenommen worden.

Nach einer langen Fernsehnacht schlief Tim am Samstagmorgen aus und kam erst gegen Mittag aus dem Bett. Das Frühstück ließ er, tageszeitbedingt, ausfallen und gönnte sich gleich eine warme Mahlzeit. Am Nachmittag schlenderte er durch die Magdeburger Innenstadt und ging durch die Einkaufszentren, ohne etwas mitzunehmen. Er war stolz auf seine Disziplin und schüttelte den Kopf, wenn er Leute im Supermarkt sah, die so volle Einkaufswagen hatten, als würde morgen ein Krieg ausbrechen. Den restlichen Tag verbrachte er vor dem Fernseher.

Am Sonntag beschäftigte sich Tim eingehend mit dem Thema Zeitarbeit. Er schaute sich im Internet Dokumentationen dazu an und verglich die Tarifverträge miteinander. Außerdem suchte er bei verschiedenen Stellenbörsen nach interessanten Jobs, auf die er sich am Montag bewerben wollte.

Tim fand hauptsächlich Callcenter-Tätigkeiten bei mehreren Personaldienstleistern. Da konnte er aus dem Vollen schöpfen und sich seinen Arbeitgeber aussuchen, dachte er. Mit einem der Anbieter hatte er am Dienstag bereits ein Vorstellungsgespräch. Das hatte er bei der Zeitarbeitsbörse im Jobcenter vereinbaren können.

Am Montag rief er bei den Unternehmen an, die interessante Stellen für ihn hatten. Überall bekam er zur Antwort, dass er sich im Internet auf der Seite des Unternehmens anmelden sollte, um seine Daten dort in einem Bewerbungsbereich einzutragen und seine Zeugnisse sowie seinen Lebenslauf hochzuladen. Einen direkten Termin bekam er nicht. Man käme auf ihn zu, hieß es überall. Gesagt, getan, bewarb Tim sich bei insgesamt sieben Unternehmen.

Am Dienstag war es soweit. Sein erstes Vorstellungsgespräch wartete auf ihn! Tim war eine Viertelstunde vor dem Termin da. Herr Ewers hatte ihm einen Spruch auf den Weg mitgegeben: Eines Bewerbers Pünktlichkeit ist zehn Minuten vor der Zeit!

Die Begrüßung bei dem Personaldienstleister fiel recht herzlich aus. Frau Kessler, die Leiterin für den Bereich Callcenter, bat ihn zum Gespräch.

„Guten Morgen, Herr Köhler. Schön, dass Sie kommen konnten.", sagte sie.

„Vielen Dank für die Einladung, Frau Kessler.", sagte Tim.

Nachdem sie ihm etwas zu Trinken angeboten hatte und den üblichen Small Talk hinter sich hatten, kam Frau Kessler zur Sache.

„Wie ich gesehen habe, besitzen Sie keine abgeschlossene Berufsausbildung und keine Berufserfahrung. Wie ist das in Ihrem Alter möglich?", fragte sie.

„Ich habe relativ lange studiert und das Studium leider nicht beenden können. Ich musste während des Studiums nie arbeiten, da ich ein Stipendium meines Onkels bekam.", sagte er.

„Ich verstehe. Um unsere Bewerber zu testen, machen wir einen kleinen Test. Dieser beinhaltet einen Fragebogen und mehrere Telefontests. Danach werden wir das Gespräch fortsetzen. Einverstanden, Herr Köhler?", fragte sie.

Tim nickte und wurde in ein Nebenzimmer geführt. Dort lag ein mehrseitiger Fragebogen mit Fragen zum Thema Callcenter und Telefonverhalten für ihn. Er hatte 15 Minuten Zeit, um den Bogen auszufüllen. Das war sehr knapp bemessen. Er schaffte es, die letzte Frage mit dem Schlusssignal zu beenden. Dann ging es weiter zu den Telefontests. Es wurde geprüft, wie seine Stimme am Telefon klingt. Er musste mehrere, auch schwierige Gespräche in der Rolle eines Servicemitarbeiters meistern, wobei ein Gespräch eskalierte. Dies war auch so geplant, um sein Verhalten zu testen, wenn er unter Stress stand. Dann folgte der zweite Teil des Gespräches mit Frau Kessler.

„Ich gratuliere Ihnen. Sie haben alles mit Bravour gemeistert, als wären Sie ein alter Hase in dem Geschäft. Wir würden Sie gerne einstellen und ab Montag zu einem unserer größten Kunden schicken. Wäre das möglich?", fragte sie.

„Prinzipiell schon, wie sehen denn die Details aus? Ich meine Stundenlohn, Urlaub, Arbeitszeit, Fahrtkostenübernahme und Sonderzahlungen, wie Weihnachtsgeld?", fragte er.

„Am Anfang zahlen wir Ihnen den gesetzlichen Mindestlohn. Sie bekommen 20 Tage Urlaub, nach dem Bundesurlaubsgesetz, da Sie eine 5 Tage-Woche haben. Die Arbeitszeit beträgt 30 Stunden, also 6 Stunden am Tag, da es 2 verschiedene Schichten gibt. Über mehr Lohn und Sonderzahlungen können wir nach einem halben Jahr nochmal verhandeln, aber normalerweise wird man nach ein paar Monaten vom Arbeitgeber übernommen, Herr Köhler.", antwortete sie.

Von versprochenen Übernahmen, die nicht gehalten wurden, hatte er schon viel gelesen. Tim dachte kurz nach. Für einen ersten Job wären die Konditionen in Ordnung. Er würde noch etwas Hartz 4 dazu bekommen, weil nach Anrechnung des Lohnes durch die Freibeträge noch ein Restanspruch bliebe.

„Was muss ich denn dort machen? Muss ich Leute anrufen oder rufen die Leute mich an?", fragte er.

„Es ist reines Inbound-Geschäft, das heißt, Sie nehmen Anrufe entgegen und müssen die Kunden nicht selbst anrufen. In welchem Bereich Sie genau eingesetzt werden, entscheidet das Unternehmen vor Ort. Wir arbeiten nicht mit dubiosen Anbietern zusammen.", sagte Frau Kessler.

Tim sagte zu und unterschrieb einen Arbeitsvertrag, der ab Montag nächster Woche gültig war. Frohen Mutes und mit stolz geschwellter Brust fuhr er nach Hause. Dann zog er alle anderen Bewerbungen zurück und machte sich auf den Weg ins Jobcenter, um Herrn Bonte die freudige Nachricht zu überbringen.

Sein Fallmanager war noch bei einem Außentermin, daher wartete Tim in der Eingangszone auf seine Rückkehr. Nach einer halben Stunde kam Herr Bonte zur Tür herein und war erstaunt, dass Tim in der Eingangszone saß. Er bat ihn, sofort mitzukommen, denn auch er hatte Neuigkeiten für ihn.

„Guten Tag, Herr Köhler. Es trifft sich gut, dass Sie da sind, ich wollte Sie eigentlich gleich anrufen. Ich habe interessante Neuigkeiten für Sie. Warum sind Sie hier? Haben Sie sich in der Woche vertan, oder auch Neuigkeiten für mich?", fragte Herr Bonte.

„Ja, ich habe Neuigkeiten. Aber ich möchte Ihnen den Vortritt lassen.", sagte Tim.

„Gut. Ich habe ein Angebot für eine überbetriebliche Berufsausbildung für Sie. Eine Ausbildung zum Kaufmann für Büromanagement, das war früher der Bürokaufmann. Die Ausbildung können Sie am Anfang des nächsten Monats beginnen. Na, was sagen Sie jetzt?", fragte der Fallmanager.

„Ich werde diese Ausbildung leider nicht machen können, Herr Bonte. Ich habe Ihnen meinen Arbeitsvertrag von Magdeteam Zeitarbeit mitgebracht. Am Montag ist mein erster Arbeitstag.", sagte er.

„Wie bitte? Sie haben Arbeit? Als was denn? Ich hoffe nicht, als Callcenter-Agent für Mindestlohn mit 30-Stunden-Woche?", fragte Bonte entgeistert.

„Genauso ist es, Herr Bonte. Was ist daran falsch? Ich verdiene Geld und sammle Berufserfahrung. Außerdem koste ich den Staat dann nicht mehr so viel. Ein bisschen Anspruch auf Arbeitslosengeld 2 werde ich noch haben.", sagte Tim.

„Was fällt Ihnen ein? Machen Sie eine Ausbildung und keinen Hilfsjob! Ich habe mich extra für Sie ins Zeug gelegt, um das Ganze bewilligt zu bekommen. Enttäuschen Sie mich nicht!", fing Bonte an zu schreien.

„Was ist denn mit Ihnen los? Ich habe Ihnen gesagt, dass ich arbeiten will und das werde ich auch tun. Die Ausbildung brauche ich dafür nicht.", konterte er.

„Entschuldigen Sie, dass ich so geladen bin. Ich bin wütend über Ihre Entscheidung! Das ist vielleicht eine einmalige Chance. Callcenter-Agent können Sie später immer noch machen. Bilden Sie sich erst einmal eine berufliche Grundlage, sonst werden Sie immer für einen Niedriglohn arbeiten. Sagen Sie den Job ab. Machen Sie die Ausbildung, bitte.", sagte Bonte.

Tim war nicht umzustimmen. Er wollte arbeiten und eigenes Geld verdienen. Sein Fallmanager kopierte den Arbeitsvertrag und ließ ihn gehen. Zur Feier des Tages ging Tim in ein Restaurant in der Magdeburger Innenstadt essen. Bald würde er, inklusive ALG 2-Restanspruch, knapp 1000 Euro im Monat zur Verfügung haben. Da konnte er sich diesen Restaurantbesuch leisten. Den Rest der Woche entspannte sich Tim und bereitete sich mit Berichten und Videos aus dem Internet auf den Montag, seinen ersten Arbeitstag, vor.

Am Montagmorgen fuhr er zu 8 Uhr zum Büro von Magdeteam. Von dort sollte er mit Frau Kessler zum Callcenter fahren und dem Personalverantwortlichen vorgestellt werden. Tim war überpünktlich.

„Guten Morgen, Herr Köhler. Ich hoffe, Sie hatten eine ruhige Nacht?", fragte Frau Schirmlein am Eingangstresen.

„Ja, Frau Schirmlein. Ich habe geschlafen wie ein Baby. Wo ist Frau Kessler?", fragte Tim.

„Sie ist leider erkrankt, Magen-Darm-Infekt. Sie müssen allein zum ersten Einsatz fahren. Das ist aber kein Problem, das haben wir bei dem Kunden schon oft so gemacht. Ich gebe Ihnen die Adresse. Sie können ja mit Bus oder Tram hinfahren. Das Unternehmen ist in Magdeburg-Reform. Sie schaffen das schon. Die Daten von Ihnen hat der Kunde bereits und erwartet Sie um kurz nach neun Uhr vor Ort.", sagte sie.

Tim war ein wenig geschockt. Sein erster Arbeitstag im Leben und er muss alleine zum Einsatz. Er hatte so etwas noch nie gemacht. Jetzt hieß es, hinein ins kalte Wasser und anfangen zu schwimmen, ohne Hilfe und Schwimmflügel.

„Gut, Frau Schirmlein, ich gebe mein Bestes.", sagte er und nahm ein kleines Paket an Zetteln für das Aufschreiben seiner Stunden und den Einsatzauftrag entgegen.

Nervös fuhr er mit der Tram zum Einsatzbetrieb. Dieser war recht groß, jedenfalls von außen betrachtet. An der Tür wartete bereits ein Herr im Anzug auf ihn. Tim sah zwar ordentlich aus, hatte aber kein Hemd und Krawatte angezogen, sondern einen Rolli unter seinem Jackett.

„Guten Morgen, sind Sie Herr Köhler?", fragte der Mann.

„Ja, der bin ich. Wie ist Ihr Name?", fragte Tim.

„Ich bin Benno Meier. Mein Name dürfte auch auf Ihrem Einsatzauftrag stehen.", sagte Herr Meier.

Tim schaute auf den Auftrag und Herr Meier hatte recht. Er folgte ihm durch einige Gänge und Stockwerke in das 3. Obergeschoss. Dann setzten sie sich in ein großes Büro.

„Nehmen Sie Platz, Herr Köhler. Was möchten Sie trinken?", fragte Herr Meier.

„Ein Wasser, still, wenn Sie haben, bitte.", sagte Tim.

„Als Erstes erzähle ich Ihnen was zu unseren Kommunikationsgepflogenheiten. Wir sind hier alle per Du. Mit alle meine ich auch alle, dass heißt auch Mitarbeiter und Chefs. Ich bin Benno.", sagte der Chef dem erstaunten Tim.

„Ich bin Tim", sagte er.

„Sehr gut, Tim. Ich sehe, du hast den Einsatzauftrag dabei. Wir arbeiten hier für Powerfon und andere Telekommunikationsanbieter. Du wirst, nach einer Einarbeitung in einem mehrtägigen Seminar, im

Bereich Inbound Sales eingesetzt. Das bedeutet, es rufen dich Kunden an, die Fragen zu ihrem auslaufenden Vertrag haben und du bietest einen neuen Vertrag an, natürlich mit Zusatzoptionen, damit sich das auch für uns und den Kunden lohnt.", sagte Benno.

Tim wurde etwas mulmig, weil er doch im Verkauf eingesetzt werden sollte, stimmte aber zu. Danach wurde er seinem Paten, Gunnar, vorgestellt. Er sollte ihn in der ersten Zeit begleiten. Am ersten Tag hörte Tim den Gesprächen von Gunnar zu. Am Dienstag sollte ein viertägiges Seminar beginnen.

Das Seminar war weniger anstrengend, als er dachte. Die Tarife von Powerfon waren einfach und strukturiert, damit man sie gut an den Mann oder die Frau bringen konnte. Die Zusatzpakete waren aber nicht immer sinnvoll. Nach der Produktschulung folgte an drei Tagen in der nächsten Woche ein Verkaufsseminar.

Dort fühlte sich Tim nicht wirklich wohl. Es wurde viel mit Motivations- und Psychotricks gearbeitet, um die Agenten heiß auf die Kunden zu machen. Tim blieb sehr sachlich aber machte alles mit. Bei einer Gruppenentspannung mit Fantasiereise blieb er unentspannt liegen und spürte gar nichts. Das gefiel dem Trainer überhaupt nicht und er knöpfte sich Tim vor allen anderen vor. Tim versuchte danach alles bereitwillig in der Gruppe mitzumachen und fühlte sich total unter Druck gesetzt. Am Abend ging er frühzeitig ins Bett und schlief sehr schnell ein.

Am nächsten Morgen wurde das Seminar nicht weitergeführt, da der Trainer krank geworden war. Tim war erleichtert, denn der Trainer war ihm nicht geheuer. Stattdessen hörte er wieder bei Gunnar mit und machte einen Tag später unter Gunnars Anleitung seine ersten Gespräche. Zwei Wochen später arbeitete er an seinem eigenen Platz und telefonierte alleine mit den Kunden.

Tim arbeitete nun schon knappe drei Monate im Callcenter, um den Anrufern, die eigentlich nur eine Information über ihren Tarifstatus haben wollten, einen neuen Vertrag anzudrehen. Mal gelang es ihm gut, aber meistens endete der Anruf ohne Vertragsabschluss. Tim wusste, dass sein Chef, Benno Meier, ihn sehr genau beobachtete. Benno hatte bei einer längeren Durststrecke bereits angedeutet, dass es so nicht weitergehen konnte. Tim merkte, dass er kurz vor dem Ende des Einsatzes in dieser Abteilung war. Er war ganz einfach kein Verkäufer und das wusste er auch. Das war ihm schon bei der Einstellung durch das Callcenter klar. Sein Gedanke war: Hauptsache ein Job. Danach kann man weitersehen. Tim wurde von einigen Kollegen „Der Erklärbär" genannt. Er kannte alle

Tarife mit deren Vorteilen und Nachteilen für den Kunden. Er war ein guter Berater aber ein lausiger Verkäufer.

Eines Morgens bat ihn Benno ins Büro. Tim kam der Aufforderung nach und nahm Platz.

„Guten Morgen, Tim. Möchtest du etwas trinken?", fragte Benno.

„Ja. Ich nehme mir ein Wasser. Was gibt es zu besprechen?", fragte Tim.

„Wie du vielleicht ahnst, geht es um Deine Verkaufszahlen. Die wurden in den letzten Wochen immer schlechter. Du machst pro Woche so viele Abschlüsse, wie ein durchschnittlicher Mitarbeiter an einem Tag. Deine Anrufzeiten sind viel zu lang und du informierst den Kunden über jede Kleinigkeit, auch einige, die er gar nicht wissen sollte.", sagte Benno.

„Na ja, ich begreife mich als Berater, der dem Kunden nach einer Analyse seines Wunsches, das anbietet, was am besten zu ihm passt. Das macht ein positives Bild von uns, im Gegensatz zu den Anbietern, die einem Kunden, der keine SMS verschickt, ein SMS-Paket andrehen und das auch durch Labertricks erreichen. Wenn der Kunde merkt, dass man ihn beschissen hat, ist man ihn für alle Zeiten los. Das kann nicht das Ziel sein, denke ich.", sagte Tim.

„Im Verkauf geht es um Abschlüsse und nichts anderes. Schnell und effektiv Verträge machen, das ist wichtig. Das Produkt wird schon irgendwie passen. Die Kunden sind sowieso preissensibel. Lieber eine Provision mitnehmen, bevor der Kunde wegen Sonderkonditionen trotzdem den Anbieter wechselt. Die Loyalität von Kunden wird heutzutage viel zu sehr überschätzt. Frag doch mal die Einzelhändler. Die beraten den Kunden und der bedankt sich, indem er das Produkt für billigeres Geld im Internet kauft. So läuft das heute. Du bist viel zu sehr Old School.", sagte Benno.

Tim wurde bleich.

„Werde ich jetzt entlassen? Gibt es noch einen anderen Job für mich im Unternehmen? Beschwerden aufnehmen oder sowas?", fragte er.

„Normalerweise würde ich dir jetzt deine Papiere geben und adieu sagen, aber du hast eine beruhigende Stimme und kannst gut auf Leute eingehen. Nach langem Zögern habe ich mir tatsächlich überlegt, dich in die Beschwerdehotline zu versetzen. Wenn du dort überzeugst, steht einer Festanstellung nichts im Wege, da vier Mitarbeiter aus dieser Hotline in einem halben Jahr in Rente gehen.", sagte Benno.

Tim schnaufte tief durch. Er bekam eine zweite Chance. Das hatte er nicht erwartet, denn Benno galt als knallharter Rausschmeißer, wenn die Zahlen nicht stimmen. Tim hat in seiner kurzen Zeit viele Leute im Verkauf kommen und gehen gesehen. Er bekam den Rest des Tages frei und sollte am nächsten Tag seinen neuen Kollegen vorgestellt werden. Die Beschwerdehotline war in einem anderen Gebäude. Er musste daher ab morgen in den Norden der Stadt fahren. Die Verbindung war aber ähnlich gut, wie zum aktuellen Standort.

Am nächsten Morgen war er überpünktlich am neuen Arbeitsplatz. Benno, der immer früher als alle anderen an den Standorten war, begrüßte ihn und ging mit ihm in das Personalbüro.

„So Tim, jetzt kommst du in die Beschwerdeabteilung. Carlo Grunder wird dich einarbeiten. Du wirst erstmal ein paar Tage bei ihm sitzen und mithören. Danach telefonierst du und er hört mit und hilft dir. Anfang nächster Woche gibt es zwei Tage Softwareschulung und einen Tag Telefoncoaching.", sagte Benno.

Dann gingen beide zu seinem neuen Kollegen. Tim und Carlo stellten sich gegenseitig vor und Tim bekam ein einseitiges Headset, damit ein Ohr frei bleibt. Er bekam so einige Kunden mit, die Vorstellungen hatten, die nicht von dieser Welt waren. Eine Kundin hatte ihr nagelneues Smartphone benutzt, um in der

Toilette nach Ablagerungen im Abfluss zu suchen, indem sie alles filmte. Den Wasserschaden durch den Tauchgang hat das Ding nicht überlebt. Jetzt wollte die Kundin ein neues Smartphone haben, denn auf dem alten Telefon war ja noch Garantie. Tim und Carlo mussten sich das Lachen verkneifen und sagten ihr, dass das selbstverschuldet sei und dadurch die Gewährleistung nicht greift. Sie drohte mit Anwalt und Bild-Zeitung, aber sie blieben bei ihrem Standpunkt. Tim und Carlo stellten sich danach den Artikel in der Bild vor, der natürlich die Dummheit dieser Frau ausschlachten und sie der Lächerlichkeit preisgeben würde.

Nach fast zwei Monaten hatte sich Tim gut eingearbeitet und es gelang ihm tatsächlich, die meisten Leute zu beruhigen und die Beschwerden geordnet aufzunehmen. Benno war mit ihm sehr zufrieden und beglückwünschte sich selbst zu der damaligen Entscheidung, der Versetzung von Tim. Er bot ihm schließlich die Übernahme in ein befristetes Beschäftigungsverhältnis an. Der Verdienst lag bei 10,00 Euro brutto pro Stunde. Zusätzlich wurde ihm der Preis für die Fahrkarte zum Arbeitsplatz erstattet. Tim war begeistert. Er war knapp raus aus Hartz 4 und damit endlich nicht mehr vom Jobcenter abhängig. Als Herr

Bonte davon erfuhr, nahm dieser das mit gemischten Gefühlen zur Kenntnis.

An einem trüben Morgen fuhr Tim zur Arbeit und hatte in der vorherigen Nacht schlecht geschlafen. Er kam recht müde auf der Arbeit an und hoffte auf einen ruhigen Tag. Die ersten Anrufe waren sehr unaufgeregt und angenehm. Gegen 10 Uhr nahm er einen eingehenden Anruf entgegen.

„Kundenservice der Powerfon GmbH, mein Name ist Tim Köhler.", meldete er sich standardmäßig.

Das Nächste, was er hörte, war ein lauter schriller Pfeifton, wie aus einer Trillerpfeife. Tim warf schreiend das Headset weg und wand sich vor Schmerzen auf dem Boden. Die Kollegen neben ihm beendeten sofort ihre Gespräche und rannten zu ihm oder zu Benno, um ihn zu holen. Auch zwei Ersthelfer waren direkt zur Stelle. Der Albtraum eines jeden Callcenter-Agenten war wahr geworden: Ein Anrufer hatte ihn „getrillert". Als Benno ihn sah, wusste er sofort, was passiert war. Ein Ersthelfer hatte bereits den Notruf gewählt um einen Krankenwagen anzufordern. Tim stand unter Schock, genau wie seine Kollegen.

„Ich kann auf dem Ohr nichts mehr hören. Das tut alles so weh.", rief Tim weinend in den Raum.

Fünf Minuten später war der Notarzt da. Da es in Magdeburg viele Callcenter gab, erkannte der Arzt sofort den Ernst der Lage.

„Ein- oder zweiseitiger Kopfhörer?", fragte der Arzt.

„Einseitig, als Vorsichtsmaßnahme.", sagte Benno.

„Wenigstens das. Behalten Sie das auf jeden Fall bei. Nutzen Sie unter keinen Umständen Kopfhörer, bei dem beide Ohren beschallt werden. Ich habe schon viele Schicksale gesehen, die beide Ohren zerstört hatten.", sagte der Arzt.

Benno nickte und fuhr mit dem Krankenwagen mit. Die Hotline wurde auf einen anderen Anbieter umgeleitet. Arbeiten konnte nach diesem Vorfall keiner mehr, nicht an diesem Tag. Tim wurde in die Uni-Klinik gebracht und dort umgehend von einem Hals-, Nasen-, Ohrenarzt untersucht. Tims Trommelfell, auf dessen Ohr der Kopfhörer war, war ein einziges Trümmerfeld. Es gab keine Rettung. Er blieb seit diesem Tag auf dem kaputten Ohr vollkommen taub! Da Tim einige Tage stationär behandelt werden musste, gab er Benno seinen Wohnungsschlüssel, damit er ihm ein paar Anziehsachen in eine Tasche packen und ihm bringen konnte. Es ging eine Meldung an die Berufsgenossenschaft, denn dieser Unfall zählte als Arbeitsunfall.

Zwei Tage später kam die Polizei ins Krankenhaus, um die Anzeige gegen unbekannt aufzunehmen. Das Callcenter hatte die Nummer, von der angerufen wurde, zurückverfolgen lassen. Es handelte sich um eine Telefonzelle am Stadtrand. Die Wahrscheinlichkeit, den Täter jemals ermitteln zu können, war nahe Null.

Nach ein paar Tagen durfte Tim das Krankenhaus verlassen. Zuhause angekommen, schrieb er Benno eine E-Mail, dass er zwar krankgeschrieben, aber wieder zuhause ist. Benno bat ihn, am nächsten Tag bei ihm im Büro vorbeizukommen. Tim ahnte Schlimmes. Die Ärzte hatten ihm abgeraten, jemals wieder in einem Callcenter als Agent zu arbeiten und ihm ein entsprechendes Attest ausgestellt.

Als er am nächsten Tag in Bennos Büro kam, war auch der Personalleiter und ein Anwalt zugegen. Damit war Tim klar, was das bedeutet. Er würde entlassen werden. Der Personalleiter redete auch nicht um den heißen Brei herum, sondern kam gleich zur Sache.

„Es tut uns sehr leid, was Ihnen passiert ist. Wir können es nicht zulassen, dass Sie weiter als Agent arbeiten. Da haben wir auch eine Fürsorgepflicht, Ihnen gegenüber. Leider gibt es keine freien Stellen im Backoffice. Sie haben noch drei Wochen Probezeit. Da wir Ihnen keinen telefoniefreien Arbeitsplatz anbieten können, kündigen wir Sie hiermit zum Ende der Probezeit. Sie bekommen von uns als Anteilnahme an ihrer Verletzung ein doppeltes Gehalt als letzte Zahlung. Dies bringt Ihnen zwar das Gehör auf dem einen Ohr nicht wieder, aber es soll unser Mitgefühl an Ihrem Schicksal ausdrücken.", sagte der Personalleiter.

Tim ging mit dem Entlassungsschreiben direkt zum Jobcenter und holte sich einen Termin, zur Beantragung von Arbeitslosengeld 2. Trotz Erkrankung musste er schnellstmöglich den Antrag stellen, damit er pünktlich das Geld bekam. Seine Arbeitsunfähigkeitsbescheinigung ging genau bis zum Monatsende. Er nahm die Formulare mit und ging heim.

Seine Gedanken kreisten um seine Zukunft. Was soll denn mit dieser Einschränkung aus ihm werden? Magdeburg war Callcenter-Hochburg, aber normale Bürojobs gab es kaum. Er fand in dieser Nacht kaum in den Schlaf. Irgendwann übermannte der Schlaf ihn doch und er wachte um kurz vor zwölf Uhr mittags auf. Es vergingen einige Wochen ohne Bewerbungsgespräche. Tim bekam auf die wenigen Bewerbungen eine Absage nach der nächsten. Langsam stellte sich ein depressives Gefühl bei ihm ein.

Es war schon am späten Abend, als Tim von einem langen Spaziergang nach Hause kam. Immer wieder ging ihm ein Gedanke durch den Kopf. Die Frage, wie es mit ihm weitergeht, raubte ihm seit Wochen den Schlaf. Herr Bonte hatte sich dafür eingesetzt, dass er einen Platz in einer Umschulung zum Kaufmann für Büromanagement bekommen sollte. Die Antwort der zuständigen Stelle war längst überfällig. Hatte ihm sein Fallmanager die Entscheidung verschwiegen oder war sie wirklich noch nicht da? Tim entwickelte langsam aber sicher depressive Züge. Es konnte doch nicht sein, dass er für den Rest seines Lebens von Arbeitslosengeld 2 abhängig wird. Nach drei Stunden fand er endlich in den Schlaf.

Als er aufwachte, blinkte die Anzeige seines Anrufbeantworters. Der Schlafmangel der letzten Tage, hatten ihn, als das Telefon klingelte, weiterschlafen lassen. Tim hörte den AB ab und war mit einem Moment hellwach. Herr Bonte bat um Rückruf, da er eine wichtige Information für ihn hatte. Als Tim ihn eine halbe Stunde später erreichte, gab es gute Neuigkeiten. Die Umschulung zum Kaufmann für Büromanagement war genehmigt worden. Er sollte am Nachmittag um 14 Uhr zum Jobcenter kommen. Dort würde Tim alles Weitere erfahren. Als er den Anruf beendete, ließ er seinen Gefühlen freien Lauf. Er weinte hemmungslos vor Glück, bis er keine mehr hatte.

Endlich ein Licht am Ende des Tunnels. Tim gönnte sich ein Mittagessen im Grillimbiss. Gute Nachrichten muss man feiern. Kurz vor 14 Uhr saß er vor dem Büro seines Fallmanagers. Herr Bonte bat ihn lächelnd herein.

„Wie geht es Ihnen?", fragte Herr Bonte.

„Verständlicherweise gut!", grinste Tim.

Herr Bonte erklärte ihm, wie es weitergehen sollte. Am 1. März war der Beginn für die 2-jährige Umschulung zum Kaufmann für Büromanagement. Sie sollte bei einem Bildungsträger in der Innenstadt von Magdeburg stattfinden. Zu den ALG 2-Leistungen kämen während dieser Zeit noch die Fahrtkosten hinzu. Nach etwa einem Jahr findet eine Zwischenprüfung und nach 2 Jahren die Abschlussprüfung bei der IHK Magdeburg statt.

„Das ist ja fantastisch.", sagte Tim.

„Ihnen würde die Ausbildung also zusagen?", fragte sein Fallmanager.

„Selbstverständlich, Herr Bonte! Ich bin dabei.", freute er sich.

Danach füllte Herr Bonte mit ihm noch einige Formulare aus und dann ging das Ganze seinen behördlichen Weg.

„Wie ist das mit Bewerbungen auf Stellen, bis zur Ausbildung?", fragte Tim.

„Sie brauchen sich bis zur Ausbildung nicht mehr zu bewerben. Die Ausbildung hat Vorrang. Schließlich haben Sie keinen Berufsabschluss. Es ist zwar erst November, aber ich wünsche Ihnen ein frohes Fest und einen guten Übergang ins neue Jahr. Wir werden uns Ende Januar wieder sehen. Ist Ihnen der 25. Januar um 9 Uhr recht?", fragte Herr Bonte.

„Ja, selbstverständlich. Ich wünsche Ihnen auch ein schönes Weihnachtsfest und einen guten Rutsch ins neue Jahr. Danke für die Chance und danke für eine ruhige Zeit bis dorthin.", sagte Tim.

„Gern geschehen!", sagte Herr Bonte und beide verabschiedeten sich.

Tim ging danach vergnügt durch das Allee-Center, als ihm auf einmal jemand von hinten auf die Schulter tippte. Er drehte sich um und Benny Angliner stand vor ihm. Obwohl sie sich nach der gemeinsamen Maßnahme mehrfach angerufen hatten, war der Kontakt irgendwann eingeschlafen. Die Wiedersehensfreude war groß. Sie umarmten sich und setzten sich auf eine Bank am hinteren Ausgang des Einkaufszentrums.

„Tim, wie geht es dir? Bist du immer noch im Callcenter? Ich habe noch nichts gefunden, auch nicht über Zeitarbeit.", fragte Benny.

„Mir geht es seit heute richtig gut. Im Callcenter kann ich nicht mehr arbeiten, da ein Trommelfell zerstört wurde und ich nur noch auf einem Ohr etwas hören kann. Das ist im Callcenter passiert. Ich war heute beim Jobcenter. Ich darf ab März eine 2-jährige Berufsausbildung machen, zum Kaufmann für Büromanagement. Deshalb bin ich im Moment so gut drauf.", sagte Tim.

„Das hört sich ja gut und schlecht zugleich an. Ich bin froh, dass ich nicht im Callcenter arbeiten muss.", sagte Benny.

Die Beiden gingen noch zusammen essen und wollten wieder regelmäßiger in Kontakt bleiben. Da Tim in der nächsten Zeit wenig Termine und Stress hatte, trafen sie sich regelmäßig und verbrachten auch Silvester miteinander.

Der Ausbildungsbeginn rückte immer näher. Tim hatte sich schon über den Beruf und die Themen der Ausbildung erkundigt. Er kaufte sich ein Buch, in dem der ganze theoretische Stoff der Ausbildung stand. Vieles kam ihm aus seinem Studium bekannt vor, nur war es weniger detailliert, als auf der Universität. Die Vorteile, die er hatte, würde wahrscheinlich kein anderer Teilnehmer mitbringen.

Die Tage vergingen und dann stand der 1. März vor der Tür. Wer wohl die Dozenten sein würden? Ist vielleicht Ronny Ewers mit dabei? Wer wird unter den anderen Teilnehmern sein? Tim fand in der Nacht vor dem ersten Tag kaum in den Schlaf.

Am nächsten Morgen klingelte sein Wecker um 6 Uhr. Tim fühlte sich total unausgeruht und ging erstmal kalt duschen, um sich wach zu bekommen. Schlotternd trocknete er sich ab und hörte den Wetterbericht. In der Nacht sollte es geschneit haben. Tim wagte ungläubig einen Blick aus dem Fenster. Es war alles weiß! Er schätzte die Schneehöhe auf 5 cm. Das war genug, um ein Verkehrschaos auszulösen. Im Radio sprachen sie auch von problematischen Verhältnissen im Straßen- und Schienenverkehr. Es war zwar in den letzten Tagen schon kühl gewesen und es hatte leichten Nachtfrost gegeben, aber der Wintereinbruch sollte eigentlich nicht kommen und Schnee schon gar nicht. Die Wettervorhersage war halt nicht immer zuverlässig. Tim beschloss, zu Fuß zum Weiterbildungsträger in der Innenstadt zu laufen. Er musste um 8:30 Uhr dort sein und hatte noch genug Zeit für sein Frühstück. Per pedes konnte er das Schulungsgebäude, gemächlichen Schrittes, in ca. 45 Minuten erreichen.

Die Wanderung an der frischen Luft tat ihm sehr gut und weckte seine Lebensgeister erst recht auf. Am Schulungsgebäude angekommen, wunderte er sich über die leeren Parkplätze und die Stille, die von diesem Ort ausging. Tim ging in den ersten Stock, um sich anzumelden. Das Büro war verschlossen.

„Guten Tag, wer sind Sie, wenn ich fragen darf?", hallte es aus einem Büro am Ende des Ganges.

„Mein Name ist Tim Köhler. Ich soll heute meinen ersten Tag bei der Ausbildung zum Kaufmann für Büromanagement haben. Auf der Einladung stand diese Adresse.", sagte er und ging in Richtung des Büros, aus dem die Frage kam.

Dann stand ein Mann in der Bürotür und sah ihn ungläubig an.

„Hat man Ihnen nicht gesagt, dass die Schulung verlegt worden ist? Die Schulung ist in Reform. Da müssen Sie doch einen Brief und einen Anruf bekommen haben, oder nicht?", fragte ihn ein verärgert aussehender Herr, Mitte 50.

„Ich habe weder einen Brief noch einen Anruf erhalten. Wo in Reform ist die Schulung denn?", fragte Tim.

„Gegenüber von den großen Callcenter-Gebäuden. Warum haben Sie keinen Brief und Anruf erhalten? Ich schaue mal in die Unterlagen, Tim Köhler sagten Sie? Oh, Sie hat man wohl vergessen, Sie sind nicht abgehakt. Das tut mir leid. Wissen Sie, wo die Callcenter-Gebäude in Reform sind? Unser Name steht groß über der Tür gegenüber. Das können Sie nicht verfehlen. Ich rufe die Kollegen an, damit sie wissen, warum Sie sich verspäten.", antwortete der Mann.

Tim wusste genau, wo sein alter Arbeitgeber war, der saß in einem der großen Callcenter-Gebäude. Er machte sich sofort auf den Weg. Er erwischte eine Straßenbahn, die Richtung Süden fuhr und war eine halbe Stunde später am neuen Standort. Damit war er nur 5 Minuten zu spät!

„Guten Morgen, mein Name ist Tim Köhler.", sagte er, als er das Sekretariat betrat.

„Guten Morgen, Herr Köhler. Sie sind ja doch noch pünktlich. Ich habe Sie erst in einer halben Stunde erwartet, bei den Wetter- und Straßenverhältnissen. Mein Name ist Scheitel, nehmen Sie Platz.", sagte die Dame hinter dem Schreibtisch.

Tim setzte sich und klärte einige Formalitäten mit dem Bildungsträger. Dann führte Frau Scheitel ihn ins Klassenzimmer. Das Klassenzimmer war, bis auf eine Dozentin und drei andere Schüler, vollkommen leer.

„Hallo, Frau Kellermann. Hier ist ihr vierter Schüler. Herr Köhler war zuerst am alten Standort.", sagte Frau Scheitel und ging wieder hinaus.

„Guten Tag, Frau Kellermann. Guten Tag, liebe Mitschüler, ich bin Tim Köhler. Entschuldigen Sie bitte die Verspätung. Man hatte mich nicht über die neuen Örtlichkeiten informiert, sonst wäre ich sicherlich pünktlich gewesen.", stellte Tim sich vor.

„Kellermann ist mein Name. Ich bin ihre Klassenlehrerin. Guten Tag, Herr Köhler. Nehmen Sie bitte auch in der ersten Reihe Platz. Dann sitzen wir alle zusammen.", sagte sie.

Tim setzte sich. Danach begann eine kurze Vorstellungsrunde. Nach 15 Minuten hatte jeder sich vorgestellt. Neben Tim waren noch 2 Studienabbrecher dabei und eine Hauptschülerin, die keinen Ausbildungsplatz bekommen hatte. Alle Teilnehmer waren jünger als er.

„Sind das wirklich alle Teilnehmer?", fragte Tim.

„Ja, leider. Drei Leute haben sich langfristig krank gemeldet und zwei haben eine Stelle angenommen, denen war die Ausbildung nicht wichtig genug.", sagte die Lehrerin.

Frau Kellermann stellte den Ausbildungslehrgang vor und welche Kolleginnen und Kollegen sie durch den Unterricht begleiten werden. Ronny Ewers war nicht dabei. In der ersten Pause, die er in einem Pausenraum mit den anderen Teilnehmern und Personen aus anderen Maßnahmen verbrachte, hörte er mit, wie jemand abfällig über Callcenter-Agenten redete.

„Ich kann diese Arschlöcher nicht leiden. Entweder rufen sie einen an, um einem etwas aufzuschwatzen, oder man gerät nur an Spinner, wenn man eine Hotline anruft.", sagte ein Mann zu einem anderen Teilnehmer.

Das Gegenüber nickte zustimmend.

„Vor ein paar Monaten habe ich mich gerächt. Als ich die Beschwerdehotline meines Telefonanbieters nochmal anrief, nachdem der vorherige Typ am Telefon patzig wurde und das Gespräch auflegte, habe ich von einer Telefonzelle angerufen und dann in eine Trillerpfeife geblasen. Diese Leute haben es nicht besser verdient.", sagte der Mann mit einem breiten Grinsen.

Tim glaubte, sich verhört zu haben. Er ging zu dem Mann und fragte ihn, ob er bei Powerfon angerufen hatte.

„Na klar, da sitzen die schlimmsten Leute. Die gehören alle in einen Sack gesteckt. Egal wo man draufschlägt, trifft man immer den Richtigen!", sagte er.

„Du Arschloch! Ich war am Telefon. Du hast mein Ohr zertrümmert. Du hast mein Berufsleben zerstört!", schrie Tim ihn an und ging auf ihn los.

Zwei Leute versuchten ihn festzuhalten, aber Tim riss sich los und prügelte ziellos auf den Mann ein, der ihn damals mutmaßlich verletzt hatte. Er war kaum zu bändigen. Er war rasend vor Wut. Es brauchte vier

Männer, um ihn zu überwältigen. Mehrere Leute hatten die Polizei, den Rettungsdienst und Frau Scheitel gerufen. Tim hatte seinem Opfer die Nase gebrochen, aus der er stark blutete und mehrere Prellungen zugefügt. Der Mann kam sofort in ein Krankenhaus. Die Polizei nahm Tim mit auf die Wache. Die anderen Leute, die das Geschehen verfolgt hatten, blieben geschockt zurück.

Auf der Polizeiwache begann das Verhör. Tim war immer noch im Zornesrausch und trug Handschellen.

„Mein Name ist Kommissar Heller. Herr Köhler, was sollte das werden. Wollten Sie den Mann umbringen?", fragte der Kommissar.

„Nein, aber sie können sich nicht vorstellen, was der Mann mir angetan hat.", sagte Tim.

„Was hat er Ihnen denn angetan, dass Sie beinahe Amok laufen, Herr Köhler?", fragte Heller.

„Er hat meine Gesundheit und meine berufliche Existenz auf dem Gewissen. Ich wusste nicht, wer mir das angetan hatte, aber er war so blöd, damit auch noch zu prahlen.", sagte Tim.

„Ich möchte Genaueres wissen, Herr Köhler. Ich will die ganze Geschichte hören, von Anfang an.", bat ihn der Kommissar.

„Wirklich die ganze Geschichte? Dann muss ich weit ausholen und Ihnen auch Einiges aus meiner

Lebensgeschichte erzählen, sonst verstehen Sie vielleicht den Kontext und meine Situation nicht richtig.", sagte Tim.

„Ich nehme mir gerne Zeit für Sie. Irgendwo habe ich ihr Gesicht schon mal gesehen, ich weiß nur nicht wo. Sie kommen mir irgendwie bekannt vor. Haben Sie Vorstrafen?", fragte Heller.

„Nein, Herr Kommissar. Ich glaube, ich weiß woher Sie mich kennen. Deswegen hole ich jetzt weit aus.", sagte Tim und begann zu erzählen.

Als er bei der Gasexplosion vor knapp über einem Jahr angekommen war, wusste Kommissar Heller, woher er ihn kannte. Der Kommissar unterbrach ihn.

„Herr Köhler. Jetzt weiß ich, woher ich Sie kenne. Ich war der Polizist, der ihnen damals mitteilte, dass es das Haus ist, in dem Sie wohnten, was explodiert war. Dann haben Sie sich losgerissen und sind davongerannt. Bitte erzählen Sie nahtlos weiter. Es spielt Alles eine Rolle.", bat ihn Heller.

Tim erzählte von seinem Kampf, zurück in ein geordnetes Leben, die Höhen und die Tiefen, vor allem die Zeit nach der Zerstörung des Trommelfells im Callcenter. Über diese unbändige Wut gegen einen Unbekannten, der ihn wieder in ein tiefes Tal gestoßen hatte, nachdem er dachte, aus dem Gröbsten raus zu sein. Er fand kaum Worte für das, was er seinem wahrscheinlichen Täter von damals angetan hatte. Er hatte erkannt, dass es ein Fehler war, ihn so zu verprügeln. Blinde Wut kennt manchmal kein Halten mehr, wenn sie im Affekt über einen kommt. Dann schaltet sich der Verstand aus und die Gefühle bahnen sich ihren verhängnisvollen Weg.

Mit dem Geständnis und der Einsicht, dass er Schlimmes getan hatte, beendete Tim seine Aussage und brach weinend zusammen.

„Herr Köhler, ich hole jetzt mal eben jemanden den Sie kennen und der Ihnen vielleicht in Ihrer inneren Zerrissenheit helfen kann.", sagte der Kommissar und kam eine Minute später mit Pfarrer Schwarze zurück.

„Hallo, Herr Köhler. Wir haben uns ja lange nicht gesehen. Herr Kommissar, können Sie uns für einen Moment alleine lassen?", fragte der Pfarrer.

Kommissar Heller nickte und ließ die Beiden allein. Der Pfarrer versuchte, Tim zu beruhigen, und bat ihn, ihm seine Geschichte zu erzählen. Er wollte wissen, was geschehen war, nachdem sie sich zuletzt gesehen haben. Tim schilderte ihm das letzte Jahr und was der Auslöser für seine Tat war. Nach einer halben Stunde kam der Kommissar wieder ins Zimmer. Tim musste für mindestens eine Nacht in Untersuchungshaft. Nicht wegen Fluchtgefahr, sondern um ihn seelsorgerisch zu betreuen.

Nach Abstimmung mit einem Polizeipsychologen wurde Tim am nächsten Tag wieder, bis zum Beginn der Gerichtsverhandlung, auf freien Fuß gesetzt. Als er nach Hause kam, hatte er mehrere Anrufe von Herrn Bonte auf seinem Anrufbeantworter. Der erste Rückrufwunsch klang sehr verärgert, die anderen hörte er sich nur zum Teil an und löschte sie direkt. Tim beschloss, die Sache direkt mit Herrn Bonte zu klären, und ging zum Jobcenter.

Er begegnete seinem Fallmanager bereits im Eingangsbereich. Da Herr Bonte keinen Termin hatte, sollte er direkt mitkommen. In Bontes Büro sprachen sie direkt über den Vorfall im Weiterbildungsinstitut.

„Herr Köhler sind Sie eigentlich wahnsinnig? Sie können doch nicht einfach einen anderen Menschen im Pausenraum ins Krankenhaus prügeln! Was ist in Sie gefahren? Wissen Sie, was das für Sie bedeutet?", schrie Bonte ihn an. Der Kopf des Fallmanagers war rot wie eine Feuersirene.

„Ich habe mutmaßlich den Mann getroffen, der mir meinen Hörschaden beschert hat. Er prahlte damit im Pausenraum, ohne zu wissen, wer mit ihm im Raum war. Als ich das hörte, sind bei mir alle Sicherungen durchgebrannt. Ich weiß nicht, wie Sie in einer solchen Situation reagiert hätten!", schrie Tim zurück.

„Waaaaas?", sagte Bonte ungläubig. Er schien wie gelähmt. Bonte stand vollkommen steif vor Tim Köhler und war wie in einem Schockzustand. Die Augen weit aufgerissen und ein offen stehender Mund ließen ihn merkwürdig aussehen. Nach ein paar Sekunden löste sich die Körperhaltung des Fallmanagers wieder. Nach einem beiderseitigen Schweigen durchbrach Bonte, der langsam wieder zu Sinnen gekommen war, die stille Situation.

„Herr Köhler, habe ich Sie richtig verstanden? Sie haben den Mann getroffen, der Ihnen mit einer Trillerpfeife das Ohr zertrümmert hat? Dann haben Sie Rot gesehen und ihn verprügelt?", fragte Bonte.

„Genau so, Herr Bonte. Ich war bis heute Morgen noch bei der Polizei in Untersuchungshaft. Sollte ich mildernde Umstände bekommen, wird es wahrscheinlich auf eine Bewährungsstrafe hinauslaufen, wegen gefährlicher Körperverletzung.", sagte Tim.

„Mein Gott, was ist das für eine verrückte Welt? Ich kann ihre Affektreaktion sehr gut nachvollziehen, auch wenn ich sie nicht tolerieren darf. Die Ausbildung ist für Sie beendet. Der Bildungsträger hat Sie abgemeldet. Außerdem soll ich Ihnen mitteilen, dass Sie ab sofort bei diesem Bildungsträger Hausverbot haben. Zudem kommt noch eine Sanktionierung auf Sie zu. Ihre Regelleistung wird ab April, für 3 Monate, um 30 % gekürzt. Sie haben mutwillig eine Vereinbarung zur Wiedereingliederung gebrochen. Da gibt es leider keinen Ermessensspielraum.", sagte Bonte.

„Das habe ich mir schon gedacht. Sowohl das Ende der Ausbildung, auf Bitte des Trägers, als auch die Sanktion.", sagte Tim.

Dann erledigten sie noch einige Formalitäten und vereinbarten einen neuen Termin für Mitte Mai. Herr Bonte gab ihm bis dahin Zeit zum Überdenken seiner Situation und bat ihn, seine Gedanken zu seiner Zukunft zum nächsten Termin mitzubringen.

In den nächsten Tagen blieb Tim meistens zuhause. Wenn er die Wohnung verließ, dann nur zum Einkaufen. Er betäubte seinen Frust mit dauerfernsehen.

Am Sonntagabend klingelte sein Telefon. Er schaute auf die Nummer und sah, dass es Benny Angliner war.

„Tim Köhler hier, hallo Benny.", meldete er sich.

„Hallo Tim. Wie läuft die Ausbildung? Du wolltest dich doch eigentlich nach dem ersten Tag bei mir melden? Ist es so gut oder so schlimm?", fragte Benny.

„Ach wenn du wüsstest, wie ich mich gerade fühle.", sagte Tim und fing laut an zu weinen.

„Tim, was ist los? Soll ich vorbeikommen? Ist es vielleicht besser, wenn wir persönlich reden, statt am Telefon?", fragte Benny.

„Ich glaube, es täte mir ganz gut, wenn du zu mir kommen könntest und wir hier über alles reden. Ich brauche jetzt einen guten Freund an meiner Seite.", sagte Tim.

„Ich komme zu dir. An Deiner Adresse in Stadtfeld hatte sich nichts geändert, oder?", fragte Benny.

„Nein, keine Änderung. Die Adresse stimmt noch.", sagte Tim.

Benny machte sich sofort auf den Weg zu seinem Freund. Eine halbe Stunde später war er da. Tim begrüßte Benny mit einer festen Umarmung. Sein Freund war sprachlos, als ihm Tim die Ereignisse der letzten Tage erzählte. Sie unterhielten sich darüber bis tief in die Nacht. Irgendwann in den frühen Morgenstunden schliefen die beiden Freunde ein.

Als Tim die Augen aufmachte, war es bereits taghell und er sah, dass Benny noch schlief. Es war bereits nach 10 Uhr. Tim weckte seinen Freund, der sich erstmal orientieren musste, wo er war. Sie gingen nacheinander ins Bad und Tim holte eine neue Zahnbürste für Benny aus dem Vorratsschrank. Für ein Frühstück war es den Freunden schon zu spät und sie verabredeten sich für 13:30 Uhr am Eingang des Einkaufszentrums Flora-Park, damit sich Benny noch zuhause umziehen konnte.

Nach dem gemeinsamen Mittagessen im Einkaufszentrum fuhren sie zu Benny, um bei ihm über ihre Zukunft nachzudenken. Bei Benny war alles wie vorher auch. Die bestehenden Allergien, keine kaufmännische Berufserfahrung, keine Umschulung in Sicht und Callcenter ausgeschlossen. Bei Tim hieß die große Einschränkung: Gerichtsverfahren mit ungewissem Ausgang. Wahrscheinlich ist er danach vorbestraft. Benny regte an, bei der Staatsanwaltschaft nachzufragen, ob er nicht in ein beschleunigtes Verfahren kommen kann, da die Sachlage eindeutig ist und er gestanden hat. Dann gingen die Freunde wieder auseinander.

Am nächsten Morgen ging Tim zur Staatsanwaltschaft. Er wollte nachfragen, wann es für ihn zum Prozess kommen könnte. Dort konnte man ihm noch keinen genauen Termin für den Prozessbeginn mitteilen. Er musste sich in Geduld üben.

Seine Situation war zu ungewiss, um jetzt auf Arbeitssuche zu gehen, aber er könnte Benny helfen, Arbeit zu finden. Ende der Woche trafen sie sich bei Benny.

Tim hatte einen kleinen Schlachtplan entwickelt. Er wollte, dass sie erstmal alles aufschreiben, was irgendwo an Geschäften oder Firmen an Stellenausschreibungen für ungelernte Kräfte hing und bei

Unklarheiten nachfragen und diese Stellen dann einer Prüfung unterziehen, ob sie für Benny passen könnten oder nicht. So ging die Zeit gut rum und vielleicht hatten sie Glück. Tim und Benny teilten sich die Stadtbezirke, mit den Straßen und Industriegebieten, auf und erstellten einen Plan, mit dem sie innerhalb von drei Wochen ganz Magdeburg abgeklappert hätten.

Tim schulte Benny noch ein wenig, wie er in Betrieben oder Geschäften nachfragen konnte, um was für Tätigkeiten es sich handeln würde, wenn dort beispielsweise stand: Aushilfen gesucht!

Dann zogen sie los. Es gab, wider erwarten recht viele Fälle wo sie nachfragen mussten. Wenn es keinen Aushang am Betrieb in einem Gewerbegebiet gab, ging Tim ins Unternehmen und fragte dort nach. Benny war dafür zu schüchtern. Tim war sehr enthusiastisch bei der Sache, denn er wollte Benny unbedingt in Arbeit bringen. Bei all den Angeboten, die es gab, war so gut wie nichts für Benny dabei. Als Beide ihre Reviere abgearbeitet hatten, ging Tim nochmal zu den großen Unternehmen in Bennys Bezirken, um diese Firmen persönlich anzusprechen. Bei einem Unternehmen aus dem Bereich Logistik wurde er direkt zum Personalleiter geführt.

„Guten Tag, mein Name ist Tim Köhler. Haben Sie derzeit Stellen im Bereich Verwaltung zu besetzen?", fragte er.

„Sie kommen gerade richtig. Mein Name ist Grein, ich bin hier der Personalleiter. Möchten Sie etwas trinken?", fragte Herr Grein.

Tim entschied sich für ein Wasser und hörte sich an, was der Personalleiter zu sagen hatte.

„Ich finde es toll, wie Sie auftreten, Herr Köhler. Man merkt, dass Sie Profi sind. Geht es um Sie, oder kommen Sie von einem Personaldienstleister?", fragte Herr Grein.

„Weder bin ich von einem Dienstleister, noch geht es um mich selbst. Ich frage für einen Freund nach einer Stelle. Er ist gelernter Bäcker, kann aber wegen einer Allergie nicht mehr in seinem Berufsfeld arbeiten. Er hat keine kaufmännische Ausbildung oder Berufserfahrung, will aber in den verwaltenden Bereich, da es das Berufsfeld mit den besten Chancen für ihn wäre. Wir haben uns das Stadtgebiet aufgeteilt, damit wir mehr Unternehmen in kürzerer Zeit fragen können.", sagte Tim.

„Faszinierend. Endlich mal Leute, die zu den Betrieben gehen und persönlich fragen, anstatt anzurufen, eine Kurzbewerbung oder eine E-Mail zu schicken. So etwas mag ich.", sagte der Personalleiter.

Dann stellte er kurz sein Unternehmen vor, welche Geschäftsfelder es hat und erzählte etwas zur Unternehmensgeschichte. Tim hörte gespannt zu.

„Sie haben Glück, Herr Köhler. Ich suche sogar zwei Leute in Vollzeit. Es geht um Dateneingabe, das Einscannen von Dokumenten, Ablagetätigkeiten und so weiter. Ich brauche Leute die sich das trauen und das hinkriegen. Wenn ihr Freund das kann, ist mir ein Papier, wo eine entsprechende Ausbildung testiert ist, vollkommen egal. Was machen Sie denn im Moment beruflich?", fragte er.

„Leider nichts. Bei mir ist allerdings noch etwas offen, weswegen ich mich derzeit nicht bei Ihnen bewerben kann.", antwortete Tim.

„Das glaube ich nicht. Eine Schwangerschaft kann es nicht sein. Sie sind männlich, wenn ich das richtig beurteile. Was ist es dann, was Sie scheinbar daran hindert? Ich bin für alles offen. Ich habe hier Leute, die in einer Privatinsolvenz sind und Leute, die einschlägig vorbestraft sind. Wenn die Leute in den Betrieb passen und keinen Unsinn, sondern ihre Arbeit machen, ist das in Ordnung. Was ist es bei Ihnen?", fragte der Personalleiter.

„Das ist bei mir etwas kompliziert. Da müsste ich etwas weiter ausholen, Herr Grein.", sagte Tim.

„Na dann los! Ich mag interessante Leute, das sind in der Regel die besten Mitarbeiter. Sie haben maximal eine Stunde Zeit, das reicht doch, oder?", fragte Grein lächelnd.

Tim schluckte kurz. Dann begann er von sich zu erzählen. Der Personalleiter hörte aufmerksam zu. Ab und zu stellte er eine Zwischenfrage, ließ Tim aber in der Regel aussprechen. Nach einer halben Stunde war Tim fertig.

„Mein lieber Mann. Was für ein Leben! Wenn Sie mich fragen, bekommen Sie höchstens eine Bewährungsstrafe. Ich bin übrigens auch wegen einer Prügelei vorbestraft, das ist jetzt über 20 Jahre her. Sie sind ein kluges Kerlchen. Sie haben zwar keine kaufmännische Ausbildung, aber ein abgebrochenes Wirtschaftsstudium und ein paar Monate Berufserfahrung in der Kundenbetreuung. Ich erwarte Sie beide morgen früh um 10 Uhr mit ihren Unterlagen in meinem Büro. Es kann morgen eine Zeit dauern, bis wir fertig sind. Ich möchte Ihnen Beiden das Unternehmen zeigen und die Arbeit, für die ich Sie haben möchte, dann besprechen wir alles Weitere.", sagte Herr Grein.

Tim war baff. Er hatte den Personalleiter überzeugt und es könnten wahrscheinlich beide anfangen. Er verabschiedete sich und fuhr zu Benny. Als er ihm erzählte, was er erlebt hatte, fiel Benny fast vom

Stuhl. Beide stellten ihre Unterlagen zusammen und verabredeten sich für morgen früh in der Nähe des Unternehmens.

Herr Grein war auch von Benny sehr angetan. Er zeigte ihnen das Unternehmen und die Einsatzmöglichkeiten, die er derzeit für sie hatte. Beide Freunde bekamen einen Arbeitsvertrag. Sie sollten sich erstmal in der Dateneingabe und bei Bürohilfstätigkeiten bewähren. Außerdem stand ja auch noch der Prozess von Tim bevor. Nach sechs Monaten wollte Herr Grein die Übernahme höherwertigerer Tätigkeiten und eine Gehaltssteigerung nicht ausschließen. Sie bekamen einen Verdienst von 1.800 Euro bei einer 40 Stunden-Woche und 30 Tagen Urlaub. Die Verträge galten ab dem 1. April und waren unbefristet.

Herr Bonte war sehr überrascht, als Tim ihm den Vertrag zeigte. Dann schaute er auf das Unternehmen und ihm wurde klar, wer Tim eine Chance gegeben hatte. Es war der Mann, der ihn vor über 20 Jahren verprügelt hatte. Herr Bonte und Herr Grein hatten sich schon vor langer Zeit versöhnt. Aber dieses Geheimnis behielt der Fallmanager für sich.

Tim und Benny nutzten ihre Chance und wurden bald in bessere Tätigkeiten einbezogen. Der Prozess ging gut für Tim aus. Er bekam 6 Monate auf Bewährung, da sein Geständnis und die Umstände, die zur

Tat geführt haben, mildernd bewertet wurden. Sein Opfer konnte man nicht zweifelsfrei der Tat an Tim überführen. Er wurde in einem späteren Verfahren wegen des Mangels an Beweisen freigesprochen.

Ende

.